田浦チサ子

生きる

亡き夫と共に

海鳥社

あなたには見えるでしょうか　これの世のたったひとりの私の暮らし

純白のあまたの鈴をつけし花君影草《きみかげさう》を亡夫《つま》に供へぬ

寂しき日寄る辺なき日もわれの生《よ》のかけがへのなき一日なりけり

生きる——亡き夫と共に◆目次

第一章

第二章

第二章

第四章

補章

第一章

老年の私の生きがい

私は、七十八歳。まさに老年である。「生・老・病・死」を、見つめる年齢である。残生は、少なくなった。寂しくもあるが、致し方ない。存命の一日一日が、いとおしい。

私は、六十九歳のとき、「ステージ四・悪性リンパ腫」の病《やまい》になった。二〇一一年五月二十日、一回目の抗癌剤治療の際に、多量の吐血・下血をした。そのために、二回目の治療が、かなり遅れた。八回目の治療が終了したのは、十一月二十五日であった。この間に、私の生命が危《あや》ういのを自覚したのである。

抗癌剤治療が終了してより、約九年が経過した。「寛解《かんかい》」の状況である。

私にとっての生きがいとは、毎日の暮らしそのものである。

想像力を働かせて家族を思いやり、家族に愛情を抱いて暮らす日々。

趣味や家事への意欲を持てる日々。

自分を創り整えるために、読書をして、短歌を詠み、文章を書き、運動をして過ごす日々。

花壇や道の辺に揺れる草花に、青空や夕焼け空に、「ああ、美しい」と、感動する日々。

家族や隣人に、「ありがとう」と言える日々。

悪性リンパ腫「寛解」の身で、九年も生きていることに、感謝する日々。

そして、結婚して五十一年経っても、誠実な夫は、愛情深く、私を大切にしてくれている。

このような暮らしが、老年の私の生きがいである。


生きる上での果報もある。

私が愛する家族がいる。

澄んだ青空がある。

清々しい風景があり、美しい樹や草花がある。

無言の力を秘めた太陽がある。やさしい月光があり、きらめく星がある。

抒情《じょじょう》を湛《たた》えた「歌」がある。美しい映像がある。

生き方や知識を深める哲学や文学がある。

共働きを終え、一人娘の養育を終え、孫の世話も終えた。ゆったりとした時間がある。

夫と共に、助け合って、二人で暮らす幸せがある。

リルケとゲーテは、述べている。
〈愛を一つの仕事のように生きること〉（リルケ）
〈王様であろうと、百姓であろうと、自己の家庭で平和をみいだす者は、いちばん幸福な人間である〉（ゲーテ）

◆

私の日常の歌である。

満月を月光菩薩と仰ぎ見るわが身をつつむやさしい光
胡麻《ごま》の粒のひとつひとつにある命　今朝もいただく「寛解」の身は
朝の日が遍《あまね》く照らし産土《うぶすな》も草木もわれも生き生きとなる
やはらかき日差しさし入る部屋に座しお地蔵さまを描きゐるなり
連翹《れんげう》は光のなかに咲きみちて老いたるわれの心をひらく
わが庭の今日のできごと羽ひろげ蝶きて蜂きて花ざかりなり
初刷りのやうな青空の高くしてわが身の内を光の照らふ

新緑の香りただよふ木漏れ日のうごき楽しきベンチに憩ふ

老いの身に季の恵みはうれしくてマンゴー一個をあがなひにけり

朝顔の花ひらきしを数ふるは夫とわれとの朝の楽しみ

老いにつれ草花好み楽しみてわれのさ庭は華《はな》やぎにけり

七十八歳まだ生きむかなうす桃のブラウス二着を購《あがな》ひにけり

眼が合へばギロリと睨《にら》み鎌かざすカマキリ君よわれは老女よ

ステージ四・癌治療より十年の一歩一歩にわが命置く

鈴虫の「鈴の奏《そう》」なり夕顔のひらく窓辺に夫と寄りゆく

冬晴れの温み抱ける大石に夫とかけゐて「故郷」うたふ

これの世の光の中にもうしばしゐさせてもらふ矜持《きょうじ》保ちて

洗ふ・刻む・綴る・祈るを今日もせしわれの双手《もろて》にクリームのばす

われ照らす光を享《う》けて残生の「今日只今」を惜しみて暮らす

短歌四首

老年の心に沁みる短歌である。

死はそこに抗ひがたく立つゆゑに生きてゐる一日一日《ひとひ》はいづみ
刻《とき》はいま黄金《きん》の重みよ惜しむべき名残りは妻に子にしたたりて

右の二首は、「上田三四二《みよじ》」の作品である。

一九六六（昭和四十一）年、四十二歳で、結腸癌を病む。当時の短歌である。死に直面したことによって、助からない命を自覚する。このことを受け入れながらも、生き抜こうとしている。存命の一日一日を賜物として、受け止めているように思う。

そして、〈一日一日はいづみ〉という表現は、含蓄があり、みずみずしい。

次の二首も、味わい深い。

生ける間のよろこびを如何に求めむか森は遠く緑ゆらげり　（小暮政次）
最終の息する時まで生きむかな生きたしと人は思ふべきなり　（窪田空穂《くぼたうつぼ》）

日の出・日の入り

私は、日向灘《ひゅうが》に面した宮崎県高鍋町《たかなべ》で生まれ、大学卒業まで暮らした。その後、宮崎県都城市《みやこのじょう》やこの近郊の町で、小学校教師をしていた。当地は、水平線から昇る「日の出」とは無縁の盆地であった。

日の出が見たい。

水平線から音もなく昇る、あの緋色《ひ》に輝く朝日である。

朝五時過ぎに、夫と私は門を出た。日向灘を望める堀切峠へと車を走らせた。

朝《あ》けの明星《みようじよう》が、東の闇に輝いている。

七時前の堀切峠の空は、うっすらと明るんでいた。穏やかな波が、「鬼の洗濯板」に白いしぶきをあげている。漁船だろうか。二隻、海に浮いている。水平線の真上には、帯状の雲が横へと伸びている。

七時一分、少しだけとぎれた雲間に、赤い色が見えた。朝日の一部分である。まばゆいばかりだ。一時間に十五度あがるらしい。ぐんぐん昇る。

七時七分。全円が雲間からのぞいた。喜びの源のように、みずみずしくて明るくて、力強い。

先ほどまでは、薄黒く目に映っていた海原も砂浜も木の葉も、さわやかによみがえり、生気と新鮮さに満ちている。

いつの間にか、海原に光の道ができている。夫と私の方へ、一直線に帯状の光道が向かっている。波と朝の陽光が喜び合い抱き合っているように、輝いている。

トンビの動きが活発になってきた。船も四隻になった。

生命力に満ちた光の漲《みなぎ》りに、テントウ虫も朝露のついた葉の上で飛び立つ準備をしている。倒れそうな木も、光が好きなのだ。起き上がろうとしている。桜の固く尖《とが》った蕾《つぼみ》が、朝の光に少し動いて見えた。私の気分も動き出している。

朝光の漲る空に、一羽の鶴が舞い上がった。

私は、堀切峠の「日の出」を眼におさめて、合掌した。

水平線より昇りくる　太陽は燃ゆる火の色かがやかせつつ

宮崎県から福岡県北九州市へ転居したのは、私が六十四歳のときであった。共働きをしている娘の住むマンションの近くに、新居を建てた。孫の世話をするためである。

真昼の玄界灘は、ホテルの建つ岬も、広い海原も、高い青空も、清らかな光に満たされていた。

玄界灘《げんかい》へは、私たちの家から車で約一時間で着く。

潤《うるお》っているような、真《ま》っ赤《か》な夕日である。

日の入りが見たい。

夕方になると、夕日が、空を染め、海原を染めていく。屋根瓦や白壁や樹草も、染めていく。夕日が、刻一刻と海原のかなたへと沈んでいく。

しみじみとした思いを誘う。

私たち夫婦が共に暮らした五十一年に思いを馳せる。夫と私の残生は少なくなった……。亡き父母を偲び、娘や孫を思う。楽しい思い出や寂しい思い出。すべてを包み込むような穏やかな夕日である。

海のかなたへ音もなく入っていく夕日が、七十八歳の私の心も体も、やさしく休めてくれる。

なんと華麗な光景であろう。うっとりするほどに美しい日の入りである。見上げれば、光を浴びた数羽の鳥が、森の方角へ渡っていく。漁船が、二隻、四隻と、水脈《みお》を広げて、港へ帰ってくる。白くうねる波打ち際《ぎわ》の磯《いそ》近くには、三人の女性と犬一匹が立っている。おそらく、家族が迎えに来たのであろう。

日の入り（落日）を見送った私の脳裏に、『ハイジ』（ヨハンナ・シュピリ著）の、夕日の場面が浮かんだ。――

「いいかね」

おじいさんは説明しました。

「あれはお日さまがなさるんだ。山におやすみをいうとき、いちばんきれいな光を送ってこられる。あくる日の朝またのぼってくるまで、忘れないようにな」

なんていい話だろう、とハイジは思いました。――

私も夫も、明日はわからない老年の身とは思うものの、きれいな光を送ってくれる「お日さま」と明日も会えますように、と願う。

今ともに生きゐる夫と大いなる卵黄のごとき夕日見送る

「死んでないよね」

六歳は柩《ひつぎ》の中の母に向きこらえつつ言う「死んでないよね」（俣野右内）

「母さんをわすれないでね」と刻める墓碑三十六歳で亡くなりし人（田浦チサ子）

一首目は朝日歌壇に掲載された作品。

柩の中の母に、悲しみを抑えながら、「死んでないよね」と、必死に問いかけている。母が自分のそばからいなくなるのではないかという心細さ、悲しみ……。六歳の子の心情やその場の情景を推し量ると、胸がつまるほどの無限の悲しみを呼び起こす。

子供にとって、母親は常にそばにいてほしい大きな存在である。六歳の子は、柩の中の母の姿を、生涯忘れることはないだろう。

私が五歳のころに、母は心臓病になり、寝ていることが多かった。母は四十二歳、末っ子の私は六歳だったと思う。「チサちゃん、もし母さんが死んだらどうする？」と、母は静かに言った。私は母を見つめて黙っていた。母は思わず言ってしまったのであろうが、あの短い言葉と、寂しそうな母の顔は、七十八歳の今でも、覚えている。私にとって大切な母は、八十五歳まで生きてくれた。

二首目は、私の作品。

夫と私は、墓所を買うために寺を訪ねた。墓地にある墓石に、「お母さんをわすれないでね」と刻まれていた。

若い母が、子供を残して逝かねばならない切なさ、子供の行く末やまっすぐに育ってくれるだろうかという心配、母親のさまざまな思いを想像する。母親は、子供に無限の愛を抱く存在である。

また、「わすれないでね」という言葉に、母の悲愛が込められている。

今がある——癌治療を終えて

癌告知されたのは約十年前、クレマチスの薄紫色の花が咲き始める季節であった。

当時六十九歳であった私は、三か月ほどで七十九歳になる。

すべてのものには、移ろいがあり、終わりがある。「生・老・病・死」というのも、人間にとって、基本的事実である。「春・夏・秋・冬」の四季も、万人共通に巡ってくる。中国では、人間の一生を、「青春・朱夏《しゅか》・白秋《はくしゅう》・玄冬《げんとう》」と、四季に喩《たと》えるという。インドでは、人間の一生を、「学生期《がくしょう》・家住期《かじゅう》・林住期《りんじゅう》・遊行期《ゆぎょう》」と、四つの時期に分けるという。

私たちは、これらの四季や時期を、それぞれの異なった条件の中で、それぞれの在《あ》り方で生きていくのである。

◆

「病期四期・悪性リンパ腫・低悪性」との告知を受けたのは、二〇一一年四月末日である。治療を受けても、低悪性の完治はほぼ望めないという（一～二期は、リンパ腫が最初にできた場所と横隔膜《おうかくまく》の内側にとどまっている限局期《げんきょく》。三～四期は、遠くの臓器に浸潤《しんじゅん》している進行期）。

だが、動揺はしなかった。涙も出なかった。とにかく、治療を受けなければ、生きられない。小学六年生の孫が、大学に入学するまでは見守りたい。夫と共に、まだ生きていたい。このような思いが、強くあった。まずは、八回の抗癌剤治療を受ける、と覚悟した。

五月初め、血液内科一般病棟に入院した。

五月十九日・二十日に、一回目の抗癌剤治療を受けた。二十日の夜の七時ころに吐血をしたのである。その直後のことは、ほとんど記憶にない。

ただ、私には麻酔が施されてはいたものの、消化器内科の先生が、「Yです」とあいさつをしてくださったこと、「お願い致します」と返事したこと、「家族に連絡を」「毛布を持ってきなさい」などの言葉をおぼろげに記憶していた。

また、治療がほぼ終了したときであろう。「これは、下血もひどい。きちんと処置しておかねば」と、Y先生がおっしゃったのを記憶していた。

翌日の朝、目覚めると、私は集中治療室のベッドの上であった。ここには、一週間ほどである。

その後、高度治療室に移った。足の親指と手首と首には点滴の注射、胸には心電計が施されていた。

二週間ほどして、足の親指の点滴が外され、流動食がとれるようになったものの、食事のたびに吐気がした。それで、首に施されていた痛み止めの点滴が外された。頭髪が抜けるようになった。

このころから、ベッドに寝たままで、足首と膝《ひざ》を動かすことを始めた。歩く日のために役立つだろうと、判断したからである。

詩・随筆・禅の書などを、寝たままで、少しばかり読むようになり、短歌を時折詠んだ。

多量の吐血・下血をしてからの三十六日間は、ベッドから降りることもなく、歩くこともなく、過ごさねばならなかったのである。

このように、寝ているだけの日々ではあったが、焦燥感もなく、イライラすることもなかった。他のことを考える余裕も体力もない状態だったからともいえる。治療を受けなければ生きられない、まだ七回の抗癌剤治療がある、と覚悟していたからでもあろう。それに、毎日笑顔で来てくれる夫の存在は、私の気持ちを安らかにしたと、感謝している。

ようやく、歩く練習を二日間行い、七月一日より一週間、自宅に帰れることになった。

夫が運転する車窓からの眺めは、とても新鮮だった。

高く青い大空、明るい光、風に揺れるさわやかな木の葉、街を歩く人々や車の動き……。

生きていることのうれしさ、ようやく自宅に帰れるという喜び……。今も、鮮明によみがえる。

高度治療室にいたときの短歌である。

「西行」は花の元《もと》ならばわたくしは夫の傍《かた》へにて春逝かむかな

傘寿まで生きたかりけり清しかる天蓋《てんがい》といふ傘を給ひて

◆

七月八日、再びの入院である。

この日からは、血液内科一般病棟に移った。標準値であった体重は、九キログラムも減少していたが、白血球値は二九〇〇μLであったので、倦怠感《けんたい》はなかった。

この日に、担当の看護師さんが話してくださった。

「田浦さんは、吐血した夜、長時間の手術・治療を受けたのに、一人一人に『ありがとうございました』と言われたのよ。みんなで感心しました……」

私は、そのように言った記憶はないが、お礼を言えたことに安堵したのだった。

いよいよ、残りの七回の抗癌剤治療を受けることになると、覚悟を新たにした。

二回目の抗癌剤治療は、七月十四日・十五日。心配していたが、吐血はしなかった。

三回目の治療は、八月二十三日・二十四日。治療を終えてから四日後には、白血球を上げる注射を受けることになっていた。だが今回は数値は上がらず、三度目の注射にて、ようやく数値が上がった。

四回目からの治療は、二泊三日入院して行い、約三週間を家で過ごすという方法に変わった。この方法は、自宅で過ごせるという良さはあった。しかし、治療の四日後に、白血球値を上げる注射を受けないために、三週間ほどの間を白血球が下がった状態で家で過ごすことになり、倦怠感に耐えねばならなかった。

五回目・六回目・七回目の治療も、順調にできたものの、治療回数を重ねるたびに、白血球値を上げる注射を受けても、以前のようには上がらなくなっていった。疲労の度合も、回を重ねるたびに、増していった。頭髪は、ほとんど抜けた。足の爪や指の爪も、変色した。食事の味覚は、既に三回目ぐらいから感じなくなっていた。

八回目の治療は、十一月二十四日・二十五日。この最後の治療で、すべて終了するのだと、自分に言いきかせた。それほどに、身体も精神も疲れていたのである。

そして、十二月十五日、白血球値を上げる注射を受けた。心から安堵した。終了したのである。

夫に、心からの「ありがとう」を言った。先生や看護師の方にも、お礼を述べることができた。

そして思う。――尿や便の世話や体調の記録などをしてくださった看護師の方、専門的知識を駆使して治療を施してくださった先生方、医学などが、患者にとっていかに大切かを実感したのである。

更に、常に穏やかで、親身に支えてくれた夫の存在を、心から有り難いと思ったのである。他の患者にも、親身になってくれる方が一人でもおられることを、心から願う。

病み臥せるわれの寝息をうかがひて夫は静かに厨《くりや》へと行く
生存は五年ならむか　八回目の抗癌剤治療の点滴みつむ
満月を月光菩薩と仰ぎ見るわが身をつつむやさしい光

◆

八回の抗癌剤治療を、終了したのである。私の新たな出発である。

これからは、「寛解《かんかい》」の状態で、どのように暮らしていくかである。この八か月の間に、病気や死について、考えたつもりである。

低悪性は、再発しやすいという。再発すれば、治療を受けねばならない。行動も制限される。死に至ることもある。

だが、再発するまでは、〈こういう人生もある〉と受け入れて、今日を明日を明るく過ごしていくしかない。生きられる限り生きたいと思う。

バランスのとれた食事、適度な運動、ストレスをためずに、精神を整え深めるための読書や趣味をする。家族とむつまじくして、私自身も慈しむ。

風に揺れる木草や花々、日光や月光という、大自然の懐《ふところ》に抱かれて、夫と暮らしていく。

——このように思うのである。

◆

二〇一一年十一月二十五日、八回目の治療が終了した。今年は、二〇二一年である。約十年が経過した。当時六年生であった孫は、今年の四月、大学四年生である。

告知されたころに咲いていたクレマチスの輪状の花が、もうすぐ咲くであろう。

「悪性リンパ腫」恐ろしき名の癌病めどわれは十年を生き抜きにけり
平凡なわれと思へどただひとつの真玉のごときいのちを抱く
目を凝らせば美しき世の見ゆるなり頭上さやさや花合歓《ねむ》そよぐ

（第十六回「文芸思潮」エッセイ賞入選）

老夫婦の幸い

お父さん私ら永く生きたわね、さういう妻の頭撫でたる

（相原洋次）

読売歌壇に掲載された一首である。

技巧的ではない。素直な表現である。しみじみとしていて、味わい深い。

さわやかな秋のそよ風が、老夫婦のほほを心地良くなでる。歳月を経た柿の木を、二人は静かに眺めている。

妻は、夫を見上げて言った。穏やかなまなざしで、感慨深げに……。

夫は、思わず妻の頭をなでた。いとおしむように、労《いたわ》るように……。

このような老夫婦の趣《おもむき》のあるたたずまいを、想像してしまう。

この御夫婦は、卒寿《そつじゅ》を過ぎておられるのだろうか。終戦の年には、十五歳ぐらいだろうか。戦中戦後の世の中にいて、真面目に働き、子育てをしてこられた。生きていれば、誰にでもいろいろな問題が生じる。この御夫婦は、助け合い、共に喜び、共に悲しみ、暮らしてこられたのであろう。

妻の言葉に、夫のしぐさに、万感の思いが込められている。静寂で幸《さいわ》いのある老夫婦の姿である。

私が、中学生のころである。近所に仲の良い老夫婦が住んでいらっしゃった。

少し背を丸めて歩いて行かれる二人の後姿を見送りながら、母はつぶやくように言った。

「暮らしていけるだけのお金があれば、夫婦は仲が良いのが一番よ」

母は、それだけ言って黙った。

母のあの言葉は、私の心の中に鮮明に生き続けている。

私たちは、結婚して五十二年である。

◆

武者小路実篤は、一九七三（昭和四十八）年、妻の安子（七十二歳）が病気で入院した折に、手紙を書いている。実篤、八十八歳であった。その一部分を記す（調布市武者小路実篤記念館蔵）。

〈長い間手紙をかいた事はない。いつも元気に言いたい事を言っていた。手紙をかくと言う事はおかしい。この頃はお前の事を考えるとまづ頭の中に涙がうかんでくる。悲しい涙ではないが、涙が自ずとうかんで来、お前は元気にしていてくれるだろうと思う。僕も元気にお前の事を考える事にし、ふたりはいつも楽しい気持で元気に勇気づけ、楽しい事を考え、いつも笑って話したい。（中略）自分達はとしをとるが、少しずつ賢くなり身体を大事にし勉強して生きてゆきたい。僕は君を信用して二人で進んでゆきたいと思う〉

八十八歳を過ぎても、こうもみずみずしい精神で、老いても妻と共に成長していこうと願っている。祈りのように希望を抱いている。睦《むつ》み合いつつ一日一日を明るく暮らしている。そのような老夫婦の有り様に、心が和み、感動を覚える。

一九七六（昭和五十一）年二月、安子はガンにて逝去した。その二か月後に、実篤は九十一歳にて逝去したのである。

秋空の下で

秋の色深まる野辺にまなざしの優しき女性《ひと》と擦《す》れ違ひたる
人生には終りがあるといふことをうべなひて行く秋の花野を

◆

星のまたたく音が聞こえそうなほどに、昨夜は満天の星だった。

今朝は、美しい秋晴れである。

わが家から車で、片道五分。夫と金比羅山《こんぴらさん》へ向かった。

池の水面は光にきらめき、池のほとりには薄《すすき》・萩などが風に揺れている。近くの花壇には、老人ホームの人たちが植えられた女郎花《おみなえし》・桔梗《ききょう》・野菊・撫子《なでしこ》の花が咲いている。ひとつひとつの可憐な花は、つつましやかであるが、秋の七草のいくつかがそろうと、華やかである。

清々しい秋風に触れながら、金比羅宮への長い参道を歩く。少しばかり赤くなった烏瓜《からすうり》が、蔓《つる》から五つほど下がっている。もっと赤色になると、秋も深まる。烏瓜の種は、結び文の形をしているので、玉章《たまずさ》というゆかしい呼び名もある。烏瓜の根・実・種などは、漢方に使われるという。

桜・楓・銀杏・桐などの葉が、色づいている。巨木もある。その年輪を推し量り、歳月の日々に思いを巡らす。足下に、やさしい色の落葉が散っている。その一葉を拾った。今年の秋を、ノートに挟むためである。

金比羅宮に着いた。おもいきり深呼吸する。真上を仰ぐと、群青の空が広がっていた。

はるかなるものは美し触るるすべなき群青の空のすがしさ

私たちは、結婚して五十二年である。二人で静かに穏やかに暮らしている。

世の中の良くない出来事や政治状勢から目をそらしたくはないが、この世の喜ばしいことや自然の美しさに以前よりも目が向くようになってきた。

◆

青く澄む大空のゆたかさ。

東の空に、一片《ひとひら》の白い雲が浮かんでいる。

そよ風が、ほほをなでる。

このように明るくさわやかな日は、ドライブやウォーキングに最適である。

けれども、花壇や植木鉢の花の手入れをするのは楽しい。

三週間ほど前までは、朝顔が緑葉を茂らせて、わが家の居間のグリーンカーテンとなっていた。紅・白・青色の漏斗《ろうと》状の花は、とても涼しげであった。

今は、秋である。

マリーゴールドの黄花が、日差しを浴びて明るくきらめいている。一六〇〇年ごろに中国から渡来した千日草《せんにちそう》は、花茎の頂《いただき》に赤色の愛《あい》らしい球状花をつけている。日日草《にちにちそう》は、盛りを過ぎてはいても、桃や白色の花を咲かせている。秋薔薇《ばら》の小さな蕾《つぼみ》に、こんなにも花びらが収まっていたのかと思うほどに、優美な花を開く。

今を一途に生きている草花は、それぞれに独自の表情をしていて、神秘的である。

秋空の下《もと》での花の手入れは、傷《いた》んでいる葉や花を摘む程度ではある。けれども、澄明《ちようめい》な光を享《う》けてのひとときは、心が安らいで愉《たの》しい。広くない私の庭にも、小さな喜びや感動がちりばめられているからであろう。

隣家の金木犀《きんもくせい》の花の香りが、ほのかに漂ってくる。

彼岸を過ぎた秋風は、寂しいほどにやさしい。

いよいよ、木の葉の散る季節へと移っていくのである。

「お花ちゃん」今日も声かけ手を触るるさ庭の花は老いしわが友
秋空の青のゆたけし「ステージ四」寛解《かんかい》にして　ああ生きてゐる

お地蔵さま

道の辺のお地蔵さまに真向かへば胸のあたりがぽっと温まる

掌《てのひら》を合はす所作美しき老夫婦の背に葉桜の揺るる木もれ日
地蔵尊　草に埋もれて御座《おは》すなり　笑みやはらかく威厳くづさず
地蔵さまの丸き頭にそっと触れ野菊一輪足もとに置く

◆

一九四五（昭和二十）年、山上武夫作詞・海沼實作曲の「見てござる」である。――

村のはずれの　お地蔵さんは
いつも　にこにこ　見てござる
なかよしこよしの　ジャンケンポン「ホイ」
石けり　なわとび　かくれんぼ
元気に遊べと　見てござる「ソレ」
見てござる

一九四二（昭和十七）年生まれの私は、この歌を知っている。私たちは、「お地蔵さん」と、親しみを込めて愛称で呼んでいた。

境内に、路地に、村の入口に、立っていらっしゃった。坐っていらっしゃった。まあるい地蔵頭、まあるい地蔵顔のお地蔵さんは、かすかにほほえんでいらっしゃった。やさしい顔立ち、愛らしい顔立ち、慈しみを湛《たた》えた顔立ち。お地蔵さまは、「いいお顔」をしておられた。

一生一所にて、行き交う人々や小鳥や草木をごらんになったり、人々の思いや願いに耳を傾けたりしておられる。

人々は、お地蔵さまを、いにしえより祀《まつ》ってきた。病気の治癒を願い、貧しい暮らしからの救いを願って、祈った。姑嫁の不仲や家庭の苦しみを訴えた。自分ではどうすることもできないことを、祈りに託《たく》して掌を合わせた。

とはいえ、本来は、願いごとをかなえていただくために、掌を合わせるわけではない。御仏《みほとけ》の教えに、自分の思いや気持ちを照らし合わせて、浄化し整えるためであろう。

けれども、平凡な私たちにとって、苦しみや悩みを、静かに聴いてくださるお地蔵さまは、有り難いのである。安らぐのである。お地蔵さまの存在そのものが、救いになるのである。

ところで、『地蔵十輪経』には、〈動かざること大地のごとく、慈心の深きこと秘蔵《ひぞう》のようである。故《ゆえ》に、その徳をたたえて地蔵菩薩という〉と、説かれている。

また、お地蔵さまは、〈お釈迦さまの指のすきまからこぼれ落ちた人々を受け止めて救ってくださる菩薩さまである〉と、言われている。

「お糸池《いと》」という話が伝えられている（北九州市芸術文化振興財団編『北九州むかしばなし』）。その概略を記す。——

むかし、小倉南区呼野《よぶの》に、お糸と母親が暮らしていた。お糸は、とても気立てが良い娘であった。父が病死した後は、近くの家々の下働きをして、母親を助けていた。

呼野の里では、田圃《たんぼ》の水を確保するために、村人が力を合わせて、三年の月日をかけて池をつくった。

「池のおかげで良い収穫じゃ」と喜んだが、翌年の大雨で池の土手が崩れた。

その後も、修理する度に土手が崩れた。村人は、疲れ果て、投げ遣《なや》りになった。

そのうちに、「人柱をたてたらどうじゃろうか」という声が出だした。

すると、お糸が、「かあさん、人は生まれたからにはどうせ一度は死ぬんじゃ。わたし一人の命で、村の人を救えるのなら、死んで池を守るんじゃ」と、母親にきっぱりと言った。

数日後、白装束のお糸を乗せたこしが池に着いた。読経の後、お糸のひつぎは土手の深くに埋葬された。村人たちは、涙を流しながら、土をかけた。お糸に報いるために、村人たちは夜も昼も働き、池を完成させたという。――

二〇二二年三月、北九州市小倉南区呼野の「お糸の池」を訪れた。土手には、自然石の古い墓があり、造花が供えてあった。

呼野駅に通ずる道の脇には、「お糸地蔵尊御堂」があった。御堂内の棚に、小さなお糸地蔵尊が安置してあり、桃色の美しい造花が多く供えられていた。

毎年、八月には、お糸の池での水神祭が行われ、呼野公園でお糸供養の盆踊りが催されているという。

享保年間(一七一六〜一七三六)、自ら人柱となった十四歳の少女お糸さんは、「お糸地蔵さん」になったのである。

桜花に会う

私が、「悪性リンパ腫・ステージ四」と告知されたのは、二〇一一年四月下旬であった。

五月に一回目の抗癌剤治療を受けた際に、多量の吐血と下血をした。そのために、八回の治療が終了したのは、十一月二十五日であった。約八か月を要したことになる。

当時の私は、長く生きられない、再発もありうる、と覚悟していた。

治療が終了して四か月ほど経っても、以前の体重より七キログラム減少しており、白血球の数値も低い状態であった。

そのような、二〇一二年三月下旬、「近くの桜の花を見に行こう」と、夫が誘ってくれた。病院に行く以外に外出をしていなかった私は、一瞬ためらったが、近くであるということで出かけた。

家から片道四分ほど歩くと、マンションの入口に一本の染井吉野が立っている。桜の木は、枝を広く伸ばしていて、青空の下の桜花は、春光が透けるほどにやわらかく、白く浮かぶように咲いていた。

寒さに閉じ込められていた桜の木の生命《せいめい》が、一気にあふれ出たような満開の花。私の命が取り留められた有り難さ、夫と共に桜と出会えた喜び。喩《たと》えようもなく気持ちが和み、心が弾んだ。私は、生きることができて、桜の花に会えたのである。この日に、夫と眺めた桜の花を、鮮明に感慨深く記憶している。生涯忘れることはないであろう。

二〇一二年の春の桜との出会い以来、毎年近くの染井吉野を見るために、夫と出かけてきた。

来年も再来年も、私たちに春が巡ってくるかは定かではない。けれど、桜の花を、〝まだ、まだ、見たい〟と、願ってきた。

逝く春の桜花を惜しむことは、私の命を惜しむことであり、夫との暮らしを惜しむことでもある。

◆

二〇二二年、三月下旬。

夫と金比羅山《こんぴらさん》へと、車を走らせた。

金比羅宮のある山の下には、中央公園がある。公園・広場・駐車場にも、参道にも、桜の木が植えてある。

まず、池の巡りの遊歩道を、夫と歩くことにした。若葉をつけた柳の枝が、垂れている。池には、噴水があがり、水鳥が泳いでいる。どこかで、野鳥が鳴いている。

春らしい日差しである。

公園のどの桜木も、ほぼ満開である。

六分咲きの桜木もある。枝には、たくさんの蕾《つぼみ》がついている。どの蕾も膨らみきって、今にも開かんとして、生命の輝きにあふれている。

桜の根元には、タンポポの黄花が開いている。雪柳の白い花が、さわやかである。風に流れる花びらも、美しい。花群れの中を歩く人の髪や肩に、花びらがとまっている。桜しぐれが、あたりにたおやかな雰囲気を漂わせている。

笑顔で花を眺めている方、背筋を伸ばして花を見上げている方、声をあげて花を指さしている方、桜木の下のベンチにかけていらっしゃる老夫婦。お花見というのは、まことに喜ばしい。

けれど、何かの思いを抱いて、花を眺めている人もいるだろう。戦争のこと、大切な人との別れのこと、寿命や病気のこと、さまざまであろう。

清らけき花の光を分けあひて夫と歩めり桜並木路
桜咲き今年も会へしと手をのべて花に触れたり「寛解《かんかい》」のわれ

A子さんと児童たち

A子さんが、時折に見せた笑顔や寂しそうな表情。卒業文集に掲載されたA子さんの三行ほどの文章。そして、元気で明るい児童たち。五十七年ほど経った今でも、心に深く残っている。

私が、小学校教師になったばかりのころであった。

清掃の時間に、教室を掃いていると、廊下で甲高くどなる声がした。急いで廊下へ出た。

「うちんA子をいじめるやつは、誰か。ゆるさんど！」

床をふいている男の子たちを、中年の女性がしかっている。

櫛のとおっていない髪、着古しの洋服、日焼けした肌などに、生活苦がにじみ出ている。

「くわしく話をしてくださいませんか」

私は、いすをお母さんに勧めた。A子さんのお母さんだったのである。

「二年生のときの先生にも、たのんだとです。だけんど、みんなにいじめられるとです。『よごれ』とか、『くせえ』とか、スカートをめくる男ん子もいるとげな……」

お母さんは、目に涙を浮かべておられた。

三年生になったばかりの児童たちはあどけない。手も顔もふくよかで、明るい瞳で若い私を見つめていた。

そのような児童たちの中に、古びた洋服を着て、誰とも話さず、朗読もできない、沈んだ表情のA子さんがいたのである。

A子さんが早退したのを機に、児童たちと話し合いをした。いろいろな言葉が出た。

「ばい菌がうつるからです」

「嫌なにおいがしてくせえから」

「髪の毛がきたないからです」

「みんながいじめるから、ぼくもします」

当然のこと、いじめてはいけないこと、自分が同じ立場になればどんなにかつらいことなどを、私は話した。

その日以来、A子さんを支援し、どの児童も受容する学級づくりに努めた。

一方では、A子さんの学力や心情を育てることにも、配慮した。取り組みやすい歌唱と音読を指導することにした。

また、A子さんとのふれあいを心がけた。一日に一回はA子さんに声をかけた。昼休みには、手伝いをさせながら、二人で少しだけ歌うことにした。しばらくの間は、暗い表情で、画びょうを取ったり、紙を持ってきてくれたりしていた。日々を重ねるうちに、私のそばにいるときのA子さんの表情が和んできた。

そして、四か月ほど経ったころ、小さい声で、私と歌えるようになったのである。

「じょうず。A子さん、その調子よ。こんどは、みんなに聞かせようね」

帰りの会で、私とA子さんは、手をつないでみんなの前で歌った。彼女は、途中から声をつまらせてうつむいてしまったが……。

「先生、A子さん、歌えるね」

「うまいね」と、男の子が言った。

二度目は、小さい声で、一番だけ歌った。

「みんなで拍手！」と、私は言った。

先生の手を取って、うつむいて歌うA子さんの変わりようを、他の児童も認めたにちがいない。

そのようなことがあってから、授業中に教科書を数行ほど読ませた。一字一字拾い読みをすることができた。他の児童にも、小さい声で返事だけはするようになったのである。

運動会の練習の続くある日、A子さんに櫛を買ってあげた。

「鏡を見てごらん。髪をといただけで、こんなに、かわいくなるのよ。顔を洗ってくると、もっとよくなるわよ。あしたから洗おうね」

A子さんは、笑顔で初めて私を見た。その日から私だけには笑顔を見せるようになった。しかも、自分から私に近づいて来るようになったのである。

学級の雰囲気も変わってきた。悪口を言ったり、露骨に嫌がったりする児童はいなくなった。

そして、児童たちは、四年生に進級した。

四年生になったA子さんは、どこからともなく現れ、私に笑顔を向け、さっと走り去って行くのだった。だが、いつの間にか、私の前に姿を見せなくなった。

やがて、A子さんたちは六年生になった。卒業を控えたころ、教師に卒業文集が配られた。私は、教え子たちの文章を読んでいった。その文集の終わりの方に、A子さんのひらがなばかりの文章がわずか三行ほど記してあった。――

「いじめられてのさんがったです。こだま*せんせいだけ、かわいがってくれました。わすれません」

*こだま：私の旧姓

A子さんは、現在六十代後半である。隣人に疎《うと》まれることなく、穏やかに暮らしておられるだろうか。

第二章

最後の日々の夫の言葉、そして私たち

生きゐるを即よろこびて老二人の白米を研《と》ぐサクッサクサク
老いわれら朝の目覚めに「おはよう」と声かけ合ふはいつまでならん
五十三年夫と添ひきてまどかなる月の明かりに包まるる秋
誠実にて勤勉なりし夫は病みやせ細りたる姿かなしも

二〇二二年五月中旬、夫は「特発性間質性肺炎」と、診断されたのである。

六月中旬より、在宅酸素療法を行うことになった。

八月下旬、「いつ、どうなってもおかしくない状況です」主治医から告げられた。

九月ころになると、――

「広い野原にあなたと二人で座っていて、ぼーっとしている感じだよ。あなたが、ときどきやさしく話しかける」

「ぼくは、心から望んでいたあなたと、結婚できた。大好きなあなたと、心ゆたかに助け合って生きていくことを、願って結婚した。その願いがかなえられた五十三年間だった」

「あなたにふさわしい人間になりたいと、ぼくなりに努力してきたつもり」——このようなことを、夫は言うようになった。

夫は、自分の命が長くないのではないか、と思っていたのだろうか。自分の人生を振り返り、いろいろと考えていたのであろう。

十月ころになると、毎朝、「今日も、よろしくお願いします」と、夫は頭を下げるようになった。

「今は、あなたと楽しい所に出かけることもできないけれど、ぼくの理解がなくなっていても、耳が聞こえにくくなっていても、あなたはイライラもしない。嫌な言い方もしない。明るくて、やさしい」などと言った。

夫の足をマッサージすると、「あなたにこんなことまでさせるようになって、情けない。あなたを守れなくなった」と、寂しそうに言うこともあった。

夫の四十九年目の結婚記念日の手紙には、〈あなたが一人で残る苦労や辛《つら》さを、させたくないのです。あなたを守りぬきます〉と、記してあった。

夫は、さぞかし無念であり、寂しくつらかったであろう。夫は、誠実であった。私を大切に思ってくれていたのである。

十一月七日の朝、夫はトイレでうつぶせになって倒れた。救急車を呼んだ。

約二時間後、「コロナ禍ですから、面会できるのは、これが最後です」と、娘と私は病室へ通された。

夫は、「あなたが一人で、これからやっていけるかな」私を見つめて言った。娘が、「私がいるよ」と、いすから立ち上がり、聞こえるように言った。娘は、近くのマンションに住んでおり、教師をしている。

八日の朝、私の書いた夫への手紙を持って病院へ行った。テレビ電話で話すことになった。

「お父さん！　私よ」

「ああ、顔が見たいね。会いたいね」

わずか二十四時間ほど離れていただけなのに、夫はこのように言った。私も、夫と同じ思いであった。

「お父さん、待っているから。待ってます」

胸がいっぱいで、言葉が出ない。夫が疲れないように、三分ほどの会話であった。

九日の朝、三十年ほど前の娘と夫と私が、無線機を背にして写っている写真を、持って行った。当時、夫はアマチュア無線が趣味であった。

看護師さんが、「ご主人が『なつかしいなあ』と喜ばれました」と言いつつ、テレビ電話を渡された。夫と私は、昨日の朝と同じような会話をした。

この日の夜の八時、病院から電話があり、娘と駆けつけた。病室の夫は、弱々しい表情ながらも、うれしそうな笑顔を向けて言った。

「いつもやさしくしてくれて、ありがとう」

「寂しがらないでね。元気を出してね。また笑ってね」

夫は、私を励ましてくれたのである。

私が、「お父さん、私たちは仲良くしてきたわね」と言うと、

「これからも、ずっーと仲良くだよ。今夜もがんばる！」

きっぱりと言った。そして、夫はつぶやくように言った。

「自分の命よりも、あなたを大切に思ってきた。今も幸せ……」

夫は、疲れたのであろう。眼を閉じると、眠りに入った。

十日の朝の六時ごろ、病院から電話があり、娘と病院へ急いだ。

「お父さん」娘と私が声をかけると、少しだけ眼を開け、口元を動かしたが声にはならなかった。

看護師さんが、おっしゃった。

「昨夜、二人が帰られた後、しばらくして、『妻の手紙を読みたい。大切な手紙です』と言

って、読まれましたよ」——私に、伝言するような看護師さんの口調であった。
夫の呼吸は、次第に細くなっていった。娘と私は、夫の手を交代で握った。
夫は、朝の八時十分に他界したのである。

治療する手当のあらず息つめてゐる間に夫は逝きしか
「これからもずっーと仲良くだよ」翌日の朝夫は逝きたり
棺蓋《おほ》る直前「お父さん」と声かけぬ夫は答えず瞼を閉ぢて

◆

夫と私は、宮崎大学教育学部四年課程の同級生である。私を、とても好んでくれた。
卒業してから四年目に結婚したのである。
多忙な教師としての共働きの日々。一人娘を育てた日々。孫の世話をした日々（退職して
三年後、宮崎県より北九州へ移り、娘の住むマンションの近くに家を建てた）。
どの時期にも、多くの喜びがあり、幸せがあった。当然のこと、大変なこともあったが、
夫と助け合いながら対処してきたのである。充実した日々であった……。
そして、二冊の紀行集と『祖先を訪ねて』を出版した折は、関係する土地・史跡などを訪

ねた。私は文章を書き、夫は写真撮影を担当してくれた。二冊の随筆集を出版した折は、私が文章を書き、夫は文章をパソコンに入力して支えてくれた。

小旅行・美術館・花苑・お寺巡りなどにも、二人で行った。

幸せも喜びも、悲しみも大変さも、共有してきたのである。

◆

夫は、他界してしまった。

一人残されたのである。深い喪失感、寂しさ、寄る辺なさを抱いている。何かの折に、つーつーと涙が出る。

夫は、私を理解しようとしてくれた。常に見ていてくれた。私に喜びごとがあると、「よかったね」と言ってくれた。短い言葉には、他の人とは異なる思いが込められていた。

私が「悪性リンパ腫・ステージ四」にて、入院治療した折は、毎日病院に来てくれた。夫が蓄膿症で入院した折には、当然のこと、私も毎日病院へ行ったものである。

そして、孫が大学校に入学して、二人だけの老年期の四年間は、平凡で、静かな暮らしぶりであった。それでも、二人でいることの幸せがあった。お互いを気づかいながら、一日一日を紡《つむ》いでいくことに満足していた。

現在は、「おはよう」「おやすみなさい」「月がきれいよ」「散歩に行こうか」「この部分を読んでみて」などと、声をかけ合うこともできないのである。

私たちは、結婚五十三年、あと二か月で、五十四年になる。お互いに、深いきずなや夫婦の情愛を、はぐくんできたと思っている。

夫は人間性が良く、誠実であった。恋をして、〈愛する〉ということに向き合った私との歳月でもあったと思う。

このような彼（夫）と「縁《えん》」があったことを、心から幸せであったと思う。

夫は、七十九年六か月の人生であった。

私の人生は、あと三年だろうか。五年だろうか。八回の抗癌剤治療が終了してより、「寛《かん》解《かい》」にて、十一年が経過している。

夫のいない寂しさや喪失感や切なさは、消えることはないだろう。

だが、心の中に夫を大切に抱き、これからも夫と仲良く生きていくしかない。

そして、身体と精神を整えつつ、自分の残りの人生を生きていこう、と願っている。

一週間ほど前は、夫の四十九日（十二月二十八日）であった。

夕暮れはことさら寂し「寂しがらないで」亡き夫言ひし声よみがへる
夫逝きてより十日間「いただきます」とも言はず食事してゐき
寂しさを宙に浮かせてゐるやうな冴ゆる三日月われを照らせり
わが夫にふさはしきかな　花言葉「ひたむきな愛」の山茶花《さざんか》供ふ
老夫婦の姿を眺め歩を進む夫を亡くせしわれは独りで
夫の亡きわれの心は紅椿のポトリと落つる音をば掬《すく》ふ

（第十八回「文芸思潮」エッセイ賞佳作）

大晦日（二〇二二年）

「元気出して、寂しがらないで、笑ってね」言葉を残し夫は逝きたり
除夜といふ時空を渡る鐘の音《ね》が夫亡きわれの今の身に沁む

葬儀の日も、亡き夫のことを他の方に話すときも、涙が流れて声を詰まらせることはあった。

けれども、声を出して、一人で泣いたのは、大晦日《おおみそか》の夜であった。

夫が他界して、五十二日めであった。

大晦日の日は、朝起きてから、誰とも話さなかった。隣家の奥さんとも、会わなかった。一人娘も、来なかった。教師をしている娘は、私の家から歩いて五分程度のマンションで暮らしている。娘は、夫が他界してから、週に五回ほど、学校の帰りに寄り、五分ほど立ち話しをしてくれている。だが、大晦日の日は、家の清掃や料理などで、私の家には来れなかったのであろう。

一人でテレビを見ながら、蕎麦をいただいた。その後、短歌を詠んだり、読書をしたりしたが、落ち着かず、熱中できない。寂しさが、どっと湧いてきた。

私は、夫の位牌に、遺影に合掌した。亡き夫の前で、声を出して泣いてしまったのである。寂しさや孤独感や寄る辺なさが、私の心も体も、包み込んでしまったのである。

私を、とても好んで愛してくれた夫がいない。結婚五十三年余の歳月において、喜びも大変さも分かち合ってきた夫がいない。お互いに、夫婦の情愛やきずなをはぐくんできた夫がいない。このような心境にひたってしまったのである。

思えば、私を大切にしてくれた夫でも、私の最後まで一緒に暮らしてくれる保証はないのである。夫婦のどちらかが、先に逝くのである。

更に、老年期は、老い・病気・死などがあり、おのずから孤独と対峙《たいじ》するのが常なのであろう。

とはいえ、共に食事をして、共に話をして、共に暮らす。このようなありふれた日常が、家族の温《ぬく》もりが、私には必要である。そして、愛してくれる人がいる、愛する人がいる、ということが大切である。


今までの私は、夫の位牌や遺影に向かって、つぶやくように話しかけていた。だが、今日からは、はっきりと声に出して、話しかけることに決めた。――

「おはようございます。今日も、二人で仲良く暮らしましょうね」

「白梅が、二輪咲いたわよ」

「夜宮《よみや》公園へ、散歩に行こう」――

位牌・遺影・墓というのは、残された者のためにもあるのだ、と思う。祈ることができる。偲ぶことができる。話しかけることができるのである。

梅園の日差しの中で

青空が、広がっている。少しひんやりとしたそよ風が、心地良い。

道の辺の雑草は芽を出し始め、伸びることに専念している。無数の尖《とが》った木蓮の蕾《つぼみ》が、清らかな朝の光を浴びている。

私は、歩いて十五分ほどの夜宮《よみや》公園の梅園へ行った。

白梅・紅梅は、満開である。広くはない梅園には、二十人ほど来ていらっしゃった。ほとんどが、七十代ぐらいの方々である。

しばらくすると、八十代後半のような小柄なご夫婦が、少し傾斜した小径を、ゆっくりと上がって来られた。足下に注意しながら、二人でしっかりと手を握り合って……。そして、ベンチに腰をおろされた。おやつを出し、紙コップにお茶を注ぎ、梅園に差す光の中で、小声で話されている。

私の夫が存命ならば、私たちの八年後ぐらいの姿であろうか。三か月半前に、夫は間質性肺炎にて他界したのである。

私たちも、九十歳近くまで、このご夫婦のように、手を取り合って暮らしたかった。

私は、胸に抱いている夫と共に、白梅・紅梅を眺め、青空を仰いだ。

一人暮らし——あなた方も私も

四か月前に、夫は死去してしまった。そのころまで、私は自宅で毎日四十分ほどルームウォーカーで歩いていた。

現在は、午前中に三十分、午後に三十分、近くの道路を歩いている。雨の日や風の強い日は、ルームウォーカーで歩いている。

外を歩くようになり、七十代・八十代前半の方々と出会うようになった。まれに、公園や広場のベンチにて、休憩されている方もいらっしゃる。

お互いに、軽くあいさつを交わすこともある。ときには、少しばかり会話をすることもある。大抵の方が、笑みを浮かべて話される。

「一人暮らしをしていると、誰とも話をしませんのでね。生きているだけで、精一杯です」

九十歳の男性である。

「家にいても、することがないので、歩くのが仕事のようなものですわ」

七十四歳の男性である。

「家で一人でいると、気分がふさがるので、週に一回、市民センターの卓球クラブに行ってますのよ」

七十歳の女性である。

「昨年、夫が亡くなってからの半年間は、家に一人でおれなくて、親戚や友達の家に、毎日のように行きました」

七十八歳の女性である。

「自分の一人分ならば、少ししか必要ないのですが、近所の人にあげるのです」

アパートの前の花壇で、男性の方が野菜を育てていらっしゃる。

そして、まれではあるが、私に言われる。

「話しをしてくれてありがとう」

「話しができてよかったわ」

老年の一人暮らしというのは、家の中で話し相手がいない。食事も一人である。孤独でもある。不安もある。老いという寂しさもある。

私の場合、夫が死去してより四か月である。一人暮らしの寂しさや孤独感や寄る辺なさは、減ることはない。一人暮らしの私にとっても、出会った方々との短い会話は、心安らぐひとときである。

現代において、子や孫に囲まれて、毎日食事をしたり、だんらんのひとときに身を置いたりすることができる老年の方は、少ないであろう。子供の家族と暮らすのは、難しい時代である。

散歩では、人だけでなく、小鳥や猫たちとも出会う。猫は、私を見つけると、とっさに逃げる。「ニャンコちゃん」と声をかけると、立ち止まる。「ニャンコちゃん、あなたも一人なのね。がんばってね」と、話しかける。猫は、逃げる姿勢をしながらも、眼をまるくして私を見つめる。猫と出会うのも、歩くことの小さな楽しみである。

足下には、露草や蒲公英《たんぽぽ》が、精一杯に咲いている。見上げると、高く青空が広がっている。

夫と歩いた、かの春の日

さみどりの枝垂柳《しだれやなぎ》のそよぐ枝《え》に小鳥はゆるらゆるらと遊ぶ
春なれば満身創痍の老木もやはらけき花をひらきてをりぬ

青空は澄み、そよ風が心地良い。

紅梅の赤みがかった葉が、賑わしく萌え出ている。花壇や鉢の花々は、既に春。家の中にいては、もったいない。夫と、車で五分ほどの金比羅山《こんぴらさん》へ向かう。

小高い金比羅山の下方に、池がある。池のほとりの枝垂柳《しだれやなぎ》が、浅緑の葉をつけて絶えず揺れている。連翹《れんぎょう》の黄色の花も、雪柳の白花も、満開だ。白辛夷《しろこぶし》の花も、ほろりと咲いている。足下には大犬ふぐりの空色の花が、小さくともきっちりと咲いている。

「ほら、見て。ここにも花が」

「ああ」と、夫は、いい顔でうなずいた。

紋白蝶《もんしろちょう》が、軽やかに舞っている。

山頂に鎮座する神社までの、片道三十分のウォーキングコースに向かう。

小鳥の声である。

「あら、鶯《うぐいす》かしら?」

「そうだね。鶫《つぐみ》の声も聞こえるよ」

足を止めて、小鳥のさえずりを待つ……。

一か月前までは、蕾《つぼみ》をつけた枝が、青空を固く区切っていた。だが、今日は違う。満開の桜の白花が、青空にあふれていた。池の方からの風に、桜の花びらが舞い上がる。私は、両腕を広げ、桜吹雪を全身に浴びる。

寒気にしぼみがちだった私の身も心も、すっかりほぐれた。

八回目の抗癌剤治療を終了してから、私は「寛解《かんかい》」の身である。

私は、生きている。夫と歩いている。

掛け替えのない家族との日々、そして生きとし生けるものとの巡り会いを、いとおしく思う。――

二〇二二年の春まで、毎年のように、夫と私は、金比羅山や池のほとりの桜の花を眺め、小鳥の声を楽しんだ。

二〇二二年の五月に、夫は「特発性間質性肺炎」と診断されて、在宅酸素療法を行っていたが、十一月十日に他界してしまったのである。

二〇二三年の春は、私一人で、夜宮《よみや》の苑へ行った。歩いて片道は、十五分ほどである。私の心に抱いている夫に、「桜が満開よ」「鶯の声が聞こえる？」と、語りかけながら歩いた。かの日のように、春の日を、夫と歩くことは、私にはかなわなくなったのである。

池の端の紫はななの花群れに桜花びら散りかかるなり

わが夫とのかの日あの時を思ひをり桜花びら揺るる苑にて

「寂しがらないでね」

「元気出して、寂しがらないで、笑ってね」翌日の朝　夫は逝きたり

「これからもずっーと二人で仲よくだよ」夫の残せし黄金《くがね》の言葉
「ありがとう、今もしあわせ」翌朝の八時十分　夫は逝きしか

夫との結婚生活は、五十三年間であった。五十三年という歳月は、私が生きてきた約八十年間の大部分を占める。両親と共に暮らした歳月の、約二倍である。

夫は、二〇二二年五月、「特発性間質性肺炎」と診断され、在宅酸素療法を行っていた。

十一月七日、緊急に入院した。

九日の夜、病院からの連絡があり、娘と私は病院へ駆け付けた。

病院の夫は、「いつもやさしくしてくれてありがとう」「寂しがらないでね。元気出してね。また、笑ってね」と、かすかにほほえんで言った。

私が、「私たちは仲良くしてきたわね」と言うと、

「これからも、ずっーと二人で仲良くだよ。今夜もがんばる！」

きっぱりと言った。

十日の朝、八時十分に他界した。

病室での夫の言葉や表情などは、鮮明に記憶している。

「寂しがらないでね」——

私の夫は、この世にいないのである。寂しがらないでいるのは、とても無理である。九か月が経ち、初盆を迎えた現在、寂しさは変わらない。私の場合、これからも寂しさを抱いていくだろう、と思っている。

共に食事をする相手がいない。話す相手がいない。助け合って暮らす夫がいないのである。私は一人暮らしである。

心から愛し愛される。大切に思い、思われる。このような夫がいるということは、生きていく上での最も重要なことであると、しみじみと実感している。夫と共に重ねて来た五十三年間が、愛《いと》しくて恋しいのである。

「元気出してね」——

毎日の炊事・洗濯・掃除・読書。時折に詠む短歌、綴る文章、花の手入れ。これらは、夫と暮らしていたころと、ほぼ変わらない。

けれども、週に一度ほど、講座を受けるために外出している。以前はルームウォーカーを使っていたが、近くの公園などを歩くようにしている。近くのスーパーや書店には、よく出かけるようになった。

一人暮らしの本を読み、宗教書を読み直して、自分自身を励ましている。

しかし、夫のいない暮らしは、張り合いがなく、あじけない。

「また、笑ってね」――

私なりに、努めてはいる。気持ちを明るくする映像を見たり、楽しい音楽を聞いたり、美しい物語を読んだりしている。

歩いて十五分ほどの夜宮《よみや》公園では、私の方からあいさつをしている。運動や気分転換のために来ておられる方々は、七十代が多い。その方々と、少しばかり話したり笑ったりすることもある。一人暮らしの寂しさなどを話される方もいらっしゃる。そのときだけの出会いであるが、一人暮らしの私の楽しみでもある。まさに、一期一会である。

たまには、隣人の方と話したり笑ったりすることもある。

娘と共に食事をしたり買い物をしたりするのは、年に三回ほどである。けれど、夫が他界してからは、月曜日から金曜日まで、歩いて五分ほどのマンションに暮らしている娘が、勤め（教師）の帰りに、来てくれている。五分ほどの立ち話しではあるが、心強い。

「これからも、ずっーと仲良くだよ」――

当然である。いつも、夫は私の心の中にいる。しかも、仲良くである。私の生きる上での支えである。

毎日、香をたき、合掌をする。花や供え物をする。毎朝、「今日も仲良く暮らしましょうね」と、声に出して言っている。夜には、「今日もありがとう。お休みなさい」と掌を合わせている。

「白百合が咲いたわよ」「満月よ、きれいね」などと、声に出している。ときには、「聞こえていたら『はい』ぐらい言って！」と、言うこともある。

散歩に行くときも、声をかけている。大学時代の、二人の思い出の「ゴンドラの唄」を歌っている。「一緒に歌いましょう」と言いながら、歩いている。

今日も、明日も、一緒に暮らしていきたい。

秋の日

（一）中秋の名月

満月を月光菩薩と仰ぎ見るわが身をつつむやさしい光

昨年は、中秋の名月を眺めることを、すっかり忘れていた。夫が間質性肺炎のために在宅酸素療法を行っており、病が重い時期になっていたのである。

今年（二〇二三年）、九月二十九日（旧暦八月十五日）の夜は、満月の「中秋の名月」であった。二〇二一年から三年連続で、中秋の名月と満月が一致した。次に一致するのは、七年後の二〇三〇年だという。私が、八十八歳になる年である。また、眺めることができるであろうか。

今年は、中秋の名月を、一人で眺めた。昨年十一月十日、夫は他界したからである。午後六時三十分、私宅の門の脇に立つと、東の方の三階建の屋上すれすれに、満月が姿を現していた。

私たちは、月をよく仰いだ。夫と眺めた満月が、恋しい。「きれいよね」と言うと、「ああ、いいね」と夫は言ったものだ。宇宙の本を読んでいた夫は、星や月について話したものである。二人で眺めるひとときは、心が月のように澄んでいくようで、安らいだ。

今年一人で眺める満月は、やはり美しい。だが、寂しそうに浮かんでいるように思える。人は巡り会い、結婚して、思い合い、つむまじく暮らしていても、やがてはどちらかが先に逝くのである。

胸に抱いている亡き夫と、中秋の名月を仰いだ。きっと、満月が夫と私の「縁《えにし》」を照らしてくれるだろう。夜の大空に、遠く輝く満月は、美しくやさしい光明《こうみよう》である。

(二) 彼岸花(曼珠沙華)

ああ、去年《こぞ》は朱色のひがん花を見ず夫の病ひの重かりしゆゑ

一人暮らしになった私は、週に三度ほど、歩いて十五分の夜宮《よみや》の苑へ行くようになった。運動と気分転換のためである。

そこへの道路沿いの民家や公園には、彼岸花《ひがんばな》が咲いている。三年ほど前は、夫の運転する車で、お寺や畦道《あぜみち》の彼岸花を、毎年のように見に行った。帰りには、食事をして、楽しんだものである。畦道や土手の草の間から、茎を三〇センチほど伸ばして、真紅の蕊《しべ》の花を輪状に一つ咲かせている。華麗で美しい。別名の曼珠沙華《まんじゆしやげ》とは、梵語《ぼんご》で、赤い花の意であるという。

真紅の花がなくなると、茎だけが立っている。晩秋から冬の間は、緑色の線状の葉を茂ら

せる。晩春には、葉が枯れて跡形《あとかた》もなくなる。そして、彼岸のころに、にょきと出て、真紅の花を咲かせるのである。

今年は、寺や畦道の彼岸花を見に行かなかった。近隣の彼岸花を、一人で眺めた。なんだか、しんと寂しい気持ちになったが、美しい花を眺めていると、やはり心が安らかになる。

曼珠沙華抱くほどとれど母恋し　（中村汀女《ていじょ》）

（三）秋の風

秋の風さやかに漂ふ庭に佇《た》ち亡夫《つま》に声かく北斗を仰ぎ
晩年の母のごとしもわれ老いてかなしみ深し初秋の夜
酔芙蓉《すいふよう》の花咲く苑に老人と犬より添ひて芝生に座る
結ぶとは佳《よ》きことばなり紺深き小さな小さな秋茄子むすぶ
深みゆく秋の夕日に照らされて色あざやかに柿の実たわわ
生き終はる華やぎならん公園の銀杏黄葉かがやきてをり
これの世に人と生れきてつつがなく老いるといふは至難なりけり

亡き夫を抱いて生きる日々

一人残る苦労はさせぬと言ひくれし夫は今亡し　ひとりの夕餉
「あなたには佳《よ》き墓を」とぞ建立し夫は逝きたりわれを残して
法名は「釋和光」なり　誠実にて愛情深きわが夫恋ひし

昨年（二〇二二年）十一月、夫は間質性肺炎にて他界した。

一周忌を、一か月ほど前に迎えたばかりである。

この一年間余り、寂しさ、喪失感、寄る辺なさを抱いて暮らしてきた。

私を愛情を込めて大切に育ててくれた父母は、三十年以上前に他界した。

大学校のときに出会い、私をとても好んでくれた夫は、結婚五十三年間を愛情を抱いて大切にしてくれた。

私の八十年間の人生は、愛情に恵まれたのである。幸せであった。

それが、父母も夫も、他界してしまった。

私にとって、とても重要な〈愛し合う〉ことのできる相手（夫・父母）を、失ったのである。

私の悲嘆《ひたん》は深い。寂しくてつらい。

それに、一人暮らしの私は、共に食事をすることも、家の中で語る相手もいないのである。

けれども、自死はできない。

それであるならば、一人暮らしであることも、寂しさや喪失感も、受け入れなければならない、と覚悟するようになった。

ある書籍の〈老年は、孤独と対峙《たいじ》しなければいけない〉という一節を、思い浮かべる。

夫が他界してより、夫のことを短歌に多く詠んできた。

「一人暮らし」や「老・孤独・死」に関する本を、幾冊も読んだ。

新聞掲載の、一人暮らしの方や夫を亡くした方の文章を読み、思いや寂しさを共有した。

八十一歳の私は、寂しさや喪失感を抱きながらも、心を明るみに向けて暮らしていきたい、と思っている。

無理をしない程度に運動し、不精をせずに身辺を清潔に整える。読書をして精神を少しでも深める。音楽や映像を楽しむ。花の手入れをして、体を動かし、花咲《はなえ》みに会う。背すじを伸ばし、大空を仰ぐ。自らを励まし、いたわり、慈しむ。

幸せや美しさややさしさは、日常のことがらにある、と思っている。

そして、残された私は、これからも、和孟さん（夫）との情愛、きずな、思い出、夫の言葉などを、抱いて暮らしていく。当然のこと、父母も抱いていく。

私の残生は、あと何年であろうか……。


高見順著『闘病日記』（岩波書店）より――

〈生きている間は、一所懸命生きる。阿弥陀如来から招かれるまでは、この生《せい》を大切にして生きる。いつ死んでもいいと生を投げることではない、むしろこの生を、人よりもっと強く深く充実させて生きる、それがこの世での極楽往生ではないか〉

私の心の杖ことば

私は、八十一歳。夫が他界して、一年が経った。一周忌を迎えたばかりである。

夫との情愛やきずなやいろいろな思い出を、大切に抱いて、一日一日を生きている。

一人暮らしである。

このような私を、励ましてくれる詞華《しか》である。

私たちには、預かっている命を精一杯生きる務めがあります。その生がつらく苦しいものばかりだとしても、喜びを見出す努力をしながら、最期まで生ききるのです。

（枡野《ますの》俊明《しゅんみょう》／曹洞宗徳雄山建功寺住職）

私たちに確実に許されているのは、〝いま・ここ〟だけです。この〝いま・ここ〟を大切にしましょう。つねに「身のこなし・言葉の調べ・こころの坐り」を、赤ん坊を育てるように、大切にていねいに育てていくなら、しあわせの連続となって、〝今日好日〟となります。〝ただいましあわせ〟となるでしょう。

（松原泰道《たいどう》／臨済宗僧侶）

春は百花有り　秋は月有り
夏は涼風有り　冬は雪有り

（慧開《えかい》／宋の臨済宗僧侶）

年をとっていることは、若いことと同じように美しく神聖な使命だ。

（ヘルマン・ヘッセ／作家）

いよいよ死ぬるそのときまでは、人間はあたえられた命をいとおしみ、力を尽して生き抜かねばならぬ。

（藤沢周平／作家）

空に虹を見るとき、
私の胸は跳《おど》りあがる。
私の生が始まったときもそうだし、
私が大人になった今もそうだ。
私が老年になったときも、またそうであれかし。

（ワーズワース／詩人）

人間には天から授かった寿命というものがある。それに従って自然に死ぬのが一番いいのだ。

（尾崎一雄／作家）

何もかもがこの世での見納め、と思えば、時間も濃密に流れ、人生の楽しみの底は深くなる。

（田辺聖子／作家）

無理をしない。
無駄をしない。
無精をしない。
（松原泰道）
※松原師、晩年の詞華《しか》である。

私があるのは家内のおかげ。
今度生まれ変わってもお互いを探し当て、結婚をしようねと約束をしています。
年寄りのおのろけです。
（松原泰道）
※夫は、結婚五十一年目に、私に同様なことばを言った。私も同じ思いである。

われらふたり、たのしくここに眠る。離ればなれに生まれ、めぐりあい、みじかき時を愛に生きたふたり、悲しく別れたれど、また、ここに、こころとなりて、とこしえに寄り添い眠る。

（西條八十《さいじょうやそ》の墓誌銘）

第三章

『しろいうさぎとくろいうさぎ』

「ああ、これ、あのころのぼくとあなたみたいだ!」

本棚の前で、絵本を読んでいた夫が、私の方を向いて小声で言った。

絵本の表紙には、くろいうさぎがしろいうさぎの頭に、タンポポの黄色の円《まる》い花をつけている絵が、描いてある。森の中の、二ひきのうさぎは、笑顔でとても幸せそうだ。

この絵本と出会ったのは、私たちが五十歳ころだったので、ほぼ三十年ほど前である。小旅行をした際に、立ち寄った鹿児島市の文学館であった。

『しろいうさぎとくろいうさぎ』(ガース・ウィリアムズ文・絵、まつおかきょうこ訳、福音館書店)の絵本は、次の文章から始まっている。――

〈しろいうさぎと　くろいうさぎ、二ひきのちいさなうさぎが、ひろい　もりのなかに、すんでいました。

まいあさ、二ひきは、ねどこから　はねおきて、あさの　ひかりのなかへ、とびだしてい

きました。そして、いちにちじゅう、いっしょに　たのしくあそびました〉

ところが、幾日も幾日も、仲良く遊んでいるうちに、くろいうさぎの様子が変わってきた。二ひきで楽しく遊んでいても、しばらくすると、くろいうさぎが、とても悲しそうな顔をして、座り込んでしまうのである。

〈「どうかしたの？」　しろいうさぎが　ききました。

「うん、ぼく、ちょっと　かんがえてたんだ」　くろいうさぎは　こたえました〉

幾日経っても、仲良く遊んでいても、しばらくすると、とても悲しそうな顔をして、座り込んでしまって、くろいうさぎは同じ返事をするのである。

〈「さっきから、なにを　そんなに　かんがえているの？」　しろいうさぎは　ききました。

「ぼく、ねがいごとを　しているんだよ」　くろいうさぎが　いいました。

「ねがいごとって？」　しろいうさぎが　ききました。

「いつも　いつも、いつまでも、きみと　いっしょに　いられますようにってさ」　くろいうさぎは　いいました。

「ほんとに　そうおもう？」　しろいうさぎが　ききました。

「ほんとに　そうおもう」　くろいうさぎは　こたえました。

「じゃ、わたし、これからさき、いつも　あなたと　いっしょにいるわ」と、しろいうさ

ぎが　いいました。

「いつも　いつも、いつまでも?」　くろいうさぎが　ききました。

「いつも　いつも、いつまでも!」　しろいうさぎは　こたえました〉

そして、くろいうさぎとしろいうさぎは、結婚したのである。それからというもの、くろいうさぎは、悲しそうな顔を、決してしなかった。

このようなお話である。

この日、『しろいうさぎとくろいうさぎ』と、ペアのカップを買った。カップには、くろいうさぎとしろいうさぎの絵が、描いてある。

◆

彼と私は、宮崎大学教育学部四年課程の二年生のときに、同じ心理研究室に入部して出会った。

彼とは、研究室に行った折に、短い会話を交わす程度であった。当時の男子学生と女子学生は、緊張していて話せない傾向にあった。終戦後、二十年ほどだったからであろうか。

とはいえ、研究室の七人ほどの学生たちと、内田クレペリン検査(心理検査の一種)のために小学校へ、幾度も行くことがあった。夏には、同じメンバーで、キャンプに行ったこともある。彼も私も、参加した。

三年生のときは、恋文ではないが、自分の思いを代弁するような詩を写して、私にそっと渡すことがあった。

四年生になると、夏休みの短いバイトで得たお金で、オルゴールをプレゼントしてくれた。冬休みのバイトでは、コンパクトを、恥ずかしそうに渡してくれた（当時の私は、化粧をしていなかったけれど）。

そして私は、卒業すれば、彼と会うことはないだろうと思い、今までのプレゼントのお礼として、けじめとして、博多人形「月影」を彼に贈った。

卒業式の数日前に、彼は真剣な表情で、「卒業してからも、会ってほしいのだけど」と、私の顔を見つめて言った。私は、「ええ」と頷《うなず》いた。彼の誠実さ、真面目さ、意志の強さに、好感を持っていたからである。とはいえ、他の男子学生に対してと同様に、恋心を抱いていたわけではない。

当時の私は、授業を受け、女子学生である友達と話し、書道をし、好きな読書をしていればよかったのである。

卒業して一年目、秋の日曜日の朝、彼は私が間借りしている家を捜《さが》し出して、突然訪ねて来た。このときに、五月の休みに私の生家へ行ったこと、夏休みに私の勤めている学校へ訪ねて来たことなどを、私に話した。けれども、立ち話しを三十分ほどしただけである。彼は、「会えてよかった」と萩焼《はぎや》きのペアの湯のみを私に渡して、バイクで帰っていった。

二年目の夏休み、プレゼントの仏像のお面を持って、突然訪ねて来た。この日も、立ち話しを三十分ほどしただけであった（一年目のときも、二年目のときも、自分の思いを伝えられなかったと、後になって私に話したのである）。

三年目の年は、彼は訪ねて来なかった。

四年目の七月、各学校間の親睦《しんぼく》のために、バレー大会があった。その折に、私は右足のアキレス腱《けん》を傷《いた》めて、入院したのである。このことを伝え聞いた彼は、埴輪《はにわ》人形を持って病院に見舞いに来てくれた。

八月末に、私は、見舞いのお礼と退院したことを書いて、彼に手紙を送ったのである。それから、二週間ほどして、彼は私のアパートに訪ねて来た。このときに初めて、二人だけでレストランで食事をした。職場のことや児童のことなどを話して、楽しく過ごした。

それからというもの、車で一時間ほどかけて、日曜日には、訪ねて来るようになった。付き合いを始めてから五か月ほどして、私たちは結婚したのである。

◆

夫は、二〇二二年五月、「特発性間質性肺炎」と診断され、在宅酸素療法を六か月ほど行っていた。

十一月七日、緊急入院した。

九日の夜、病院から連絡があった。病室へ入ると、夫は「いつもやさしくしてくれて、ありがとう」と笑みを浮かべた。

「私たちは、仲良くしてきたわね」

私が言うと、

「これからも、ずっーと二人で仲良くだよ。今夜もがんばる！」

きっぱりと言った。

翌日の十日、朝八時十分に他界したのである。

彼の若いころの私への思いを綴ったノートが、机の中に残されていた。その中の一ページの、とても短い文章である。――

〈彼女への愛の深さは、まだ無限といってもいいくらいだ。過去何年間も苦しみを乗り越

え、悲しみをこらえ、ただひたすらに願い続けてきた。それが今になって、希望が持てるようになってきた〉

（秋の日に、初めて二人でレストランで食事をした時期の文である）

そして現在、老年の私は、夫である彼を亡くした。恋しさ、寂しさ、寄る辺なさに耐えている。結婚五十三年間にはぐくんだ深い情愛やきずな、幸せな日々、彼の言葉などを、胸に抱いて暮らしている。

棚には、『しろいうさぎとくろいうさぎ』とペアのカップ、結婚記念日に毎年交わした夫の五十三通が、大切に置いてある。

結婚五十一年目の夫の手紙である。――

〈結婚して五十年たったのですね。私は、これまで、あなたのおかげで大変幸せでした。（中略）これからも、あなたを守ります。出来ることは、何でもします〉

学んだり友と語らひそれのみに満ちてゐたりき若き日のわれ
わたくしに伝へんとして見つめしか若き日のあなたのまなざし一途
燃ゆる恋われは知らざりさりながら夫婦の愛を確《しか》と知りたり

今朝もまた心のなかに抱きゐる亡夫《つま》との暮らしのあかりを点《とも》す

結婚記念日の手紙（五十三通）

白梅を活け文かはし寿《ことほ》げり　五十三回目の結婚記念日

キャンパスにてわれに出会ひて恋をして深く愛して夫は逝きたり

◆

折々に聞くCDの中に、「ゴンドラの唄」（中山晋平作曲）が入っている。哀調を帯びた叙情的な旋律である。

大学校三年生の秋だった。彼が緊張した表情で、私に渡した手紙に、「ゴンドラの唄」の歌詞（吉井勇作詞）が書いてあった。歌詞は四番まであるが、その一番のみであった。

いのち短し恋せよおとめ
朱《あか》き唇あせぬ間《ま》に
熱き血潮の冷えぬ間に

明日の月日はないものを

結婚して五十年ほど経ったころに、ふと思い出し、夫に聞いてみた。

「あなたは、どのような思いを、あの『ゴンドラの唄』に託したの。覚えている?」

「あれね。ちょっと待って」

夫は、二階へ上がった。しばらくして、夫は少し照れた表情で、私に紙を渡した。その紙には、次のように記してあった。

〈ゴンドラの唄をあなたに渡した訳――

学生時代のあなたは、いつも楽しそうにしていて、笑顔で、まさに青春の真っ盛りでした。若者たちがあなたに振り向いてもらおうと思っているのに、そんなことは全く気にしていないようでした。

私も、あなたに振り向いてほしい、付き合いたい、と望んでいました。でも、そんなことは、とても言えませんでした。だから、私の気持ちを表しているようなこの詩を送ったのです〉

当時の私は、授業を受け、女学生の友達と話しをして、読書や書道をしていれば、充足していたのである。

私たちは、国立宮崎大学教育学部四年課程を卒業して、四年目に結婚した。

結婚して一年目を迎える数日前に、「結婚記念日に、何かプレゼントをしたいのだけど」と、夫は言った。

共働きとはいえ、宝石類は買えないし、好みでもない。服や花では、ありふれている。

「そうね。手紙がいいわ。記念日には、手紙を交換しましょう」

お金や物では得ることのできない、心の交流ができそうだ、と思ったのである。それに、夫も私も多弁ではない。手紙ならば、気持ちを述べやすいのではないだろうか、と思うところもあったと思う。

私のファイルには、夫からの年に一度の手紙が、シミもつかずに保管されている。

◆

結婚してより一年が経ち、一年目の手紙には、〈長い間の思いがかない、理想の女性と結婚できて……〉という、若い夫の喜びが述べてある。

理想の女性。夫の求める条件をそなえているということであろう。あくまでも、夫の価値観であり、評価である。他の人から見て、嫌なところも、何もかも好ましく思えてしまう。そのような若いころが、私たちにもあったのだ。

一九七〇（昭和四十五）年二月十八日に結婚した私たちは、三月末に宮崎県東臼杵《ひがしうすき》郡北浦町直海《のうみ》（現・延岡市）の直海分校に勤務した。三年間を、当地で暮らした。――海岸からせり上がった山に抱かれた小さな漁村。五十軒余の家が寄り合っている。よくいただいたバケツいっぱいの魚。岩を噛《か》んで烈《はげ》しく音を立てる潮。命がけで漁に出かける男たち。太陽を浴び、潮風を浴びた石蕗《つわぶき》。明るくて素朴で陽の匂いのする子供たち。アルバムをめくると、直海分校の児童たちが、「せんせーい」と、当時の姿で一斉に駆けてくる。

そして、直海にて、一人娘（ゆりか）が誕生したのである。

◇

目の前に母を見つけしみどり児の足をも動かし感きはまりぬ
おさな児のはじめて履きし白き靴　われらの靴の間に置きぬ
「ゆりかちゃん」おちそうな目で寄りきたるゆらりゆらゆら夕光《ゆうかげ》のなか

◇

おだやかな直海の磯に子どもらはつかみし海草高くあげたり

結婚十年目には、次のように述べている。

〈かけがえのない君を、これからも真っ正面から受け止めていきたい……〉

かけがえのない人。九年間の日々を共に暮らしてきたことが、夫にこのように書かせたのであろう。誠実な人柄である。

当時の私たちは、宮崎県北諸県郡《きたもろかたぐん》三股町《みまたちょう》に住して、近郊の小学校に勤務していた。一人娘を育てつつ、助け合って、多忙な日々を送っていたのである。

◇

晴れやかなハ長調のひびきもて読みてきかせし『アルプスの少女』
トントンと石けりをする「ゆりちゃん」の足の力はいのちのちから
口角を少し持ちあげ歯ぎれ良く娘は話すテストの成績

◇

少年も少女もわれも縄とびの円光のなかとぶ兎《うさぎ》なり
春のメダカぴしっぴしっと泳ぐ朝　児童らの眼は水色となる
A子さんと綾とりをする昼休み　あるところより心近づく

◆

結婚二十三年目の手紙の一部である。

〈私たちの年になっても、あなたはみずみずしくきれいな心を持ち続けていてくれます〉

記念日の手紙には、相手の短所はまず書かない。だからこそ、受け取った相手は元気になり明るくなれる。私を大切に思ってくれるやさしい夫である。有り難いと思う。

当時、娘は山口大学文理学部の学生であった。

そして、私の父が八十一歳で他界して、三年後に母が他界したのである。

◇

合格にみるみる吾娘《あこ》の吸いあぐる果汁は若葉の萌黄《もえぎ》色

春帽子かぶりて吾娘の発ちゆける列車はカーブをくきやかに描く

◇

誰よりも頼りゐし父の初盆に母はよそゆきをさみしげに着る

わが母の明治生まれの一つ生《よ》の一日《ひとひ》一日の清く直《すぐ》なり

亡き父母も寂しくあらむためらわず我を呼び出す夢にいくたび

「父母の恩海より深し」手のとどく距離にあらねど秋の夜しのぶ

結婚三十年目の手紙である。
〈全く別の人生を送ってきた私たちが結婚して、同じ人生を二十九年間過ごしてきました。人生の半分近くを二人で過ごしてきたことになります。私たちの宝である「ゆりか」が嫁いで寂しくなりました。色々な心配、はがゆい思い、諦めなどと、短期間に苦労しました。あなたがよく「生きがいがなくなったような気がする」と言う気持ちは、私も同じです。ただ、あなたほどダメージを受けていないかも知れません。(中略)
私たちは、二人で仲良く生きていくしかありません。私は、あなたがいれば満足です。だから、二人で協力し合い、慰め合って、仲良く暮らしていきましょう。私に出来ることは、なんでもしたいと思います。あなたを守ります。
やっぱり、最後は夫婦二人ですね〉
娘が結婚して、一年半後に、男孫が誕生したのである。

◇

母とても触れやうもなき娘《こ》の未来　祈りに託し諾《うべな》はんとす

◇

初孫を初めてくるむバスタオル木の芽の色の萌黄《もえぎ》を選ぶ
観音の相・仁王の相をこもごもに見するみどり児に家族ら笑ふ
眉あげて添ひ立ちをする男の孫を春の光がやさしく包む
うんうんと言ひて玩具を持ちあげる男の子の気概全身に込め

◆

結婚三十七年目の手紙である。
〈娘と孫のために、私たちの余生と貯《たくわ》えを使って、北九州へ行くことになりましたね。嫌なことや大変なことが待っているだろうと、踏ん切りをつけた今となっても、行きたくないという気持ちがいっぱいです。
娘のこともさることながら、佑太君の将来を考えると、やっぱり行ってやらざるを得ません。あなたは、何もかも覚悟のうえで、私たちの最晩年は施設に入ることも覚悟して、「行ってやりたい」と、言いました。あなたは、優しい人だなあ、とつくづく思います。でも、苦労するばかりではなく、二人の生活も楽しんでいきたいと思います。二人で楽しく助け合っていきましょう〉
娘家族の住むマンションから五分ほどの所に、私たちの家を建てた。孫が一年生の五月に、宮崎県より福岡県北九州市へ転居した。娘が仕事（教師）から帰宅するまでを、孫は私たちの家で過ごした。高校三年生までであった。

◇

「おばあちゃんの家が大好き」佑太君の弾める声の甦りくる

「おばあちゃんの頭の中の半分はぼくのことね」と佑太うれしげ

小魚を三匹釣りて「釣り名人」と孫の佑太は自讃してをり

あざやかに蹴り上げられし黄のボール青き夏空に打ち返へされつ

十一歳になりたる孫はアイリスの伸びる速さに育ちゆくなり

◆

結婚四十三年目の手紙である。

〈昨年は、大変でしたね。夜中に、私が病院へ駆けつけたときは、手当が終っていました。先生から胃カメラの写真を見ながら説明をしてもらいました。そのとき、通路を隔てた処置室から、あなたの「ありがとうございました」という声が聞こえてきました。処置室に入ると、色々なチューブを取り付けられ、酸素マスクをして、眠っていました。僕は、その様子を見て、こんな姿になってと、胸がいっぱいになり震えました。

今は、もう二月、あのころとは見違えるようです。はやく、あなたの好きな旅行に行きたいですね。（中略）髪の毛が無くても、やせ細っていても、あなたは、僕の大切な妻です。私の頭には、清楚で優しいあなたが、はっきりと焼きついています。ながい間の思いがかなって、あなたと結婚できて、どんなにうれしかったか、今も忘れずにいます。あなたを元気にするための努力はいといません〉

私は、悪性リンパ腫・ステージ四の告知を受けた。五月中旬に、一回目の抗癌剤治療を受けた際に、多量の吐血・下血をしたのである。八回目の抗癌剤治療が終了したのは、十一月下旬であった。約八か月を要したのである。

そして、一年後には髪も生え、六年後には体重もほぼ以前に戻った。

◇

爽やけき五月の朝《あした》クレマチスの花ひらくを見て入院したり
病院の窓より山並眺めつつ夫と歩きし山里想ふ
庭の花を写して見舞ひに持ちくれし夫の笑顔は花咲《ゑ》みに似て
温かくわれを看取るは老いてなほ誠実なるわが夫ならむ
今日に謝し明日を頼みて眠らむと白いシーツをきっちり伸ばす
心かよふ夫との生活あることのしみじみ愛し寺の鐘さへ

四十九年目の手紙である。
〈昨年も、いろいろなことがありましたね。佑太君のことでは、気をつかいましたね。大学受験の大切な時間のため、大好きな旅行さえ行きませんでした。（中略）
特に嬉しいのは、あなたが退院してから、六年が経ったということです。ICUやHCUにいたときのことを思い出すと、夢のようです。このまま再発しないでほしいです。
私は、元旦に言ったように、あなたを大切にします。あなたのためには、何でもします。
そして、これから先ずっーとあなたを一人にしないようにしたいのです。あなたが残って、一人で苦労することがないように、守り抜きたいのです。健康や命は、自分の思い通りにできませんが。自分の健康にも、気をつけていきます〉
当時の夫は、以前ほど体力がなくなったと、感じていたのだろうか。私よりも先に他界することだけは、避けたかったのであろう。私に対する愛情であり、夫の誠実さであろう。
私は、幸せな妻である。

◇

（孫の佑太は、九州大学法学部に入学）

巣立ちたり　愛しき孫との思ひ出はしまひてをかむわれの一生《ひとよ》に
声をかけ犬の頭をなでるなりかつての孫に為したるやうに

◇

静かなる昼の公園　夫の影にわたくしの影に木もれ日揺るる
闘病といふは変わらねど「寛解《かんかい》」のわれに静かなる身力《みぢから》のあり
癌を病みしといふ体験は朝々を目覚めることさへうれしくさせる
惜しみつつ一日一日を過ごしゐて時に無為なる一日も楽し
わが夫と二泊三日の旅に来て夕焼け小焼けの坂くだりゆく
生きて死にゆくはわたくしのみならず黄蝶も犬もそしてあなたも

◆

結婚五十一年目の手紙である。

〈結婚して五十年たったのですね。

私は、これまで、あなたのおかげで大変幸せでした。今迄のように幸せでいられるのならば、ずっと生きていけたらいいなあ、と思います。人間だから、いつまでも生き続けることはできないと分かっているけれど、そんな願いでいっぱいです。

これからも、体が動くかぎり、あなたを守っていきます。もっと頑張らなければいけないのかもしれませんが、今ぐらいだったら続けることができます。これまで、幸せにしてくれた「あなた」へのお礼で続けます〉

夫は、風呂場やトイレの清掃、朝食後のコーヒー、庭の芝生の手入れ、塵出《ごみだ》し、買い物などを、担ってくれた。心情的な心づかいや思いやりを、夫から充分にいただいたのである。夫は、意志の強い精神でありながら、やさしく、謙虚であり、誠実である。言ったことは、実行する人であった。

思い起こすと、結婚生活には、いろいろなことがあった。多くの喜びや幸せがあった。大変さも悲しいこともあった。

小学校教師としての共働きの多忙な日々。一人娘を養育した日々。

小旅行を幾度もした。ドライブにも、花苑にも、美術館にも行った。お寺巡りもした。また、『祖先を訪ねて』と、紀行集二冊を出版した折は、関連の土地や史跡を、夫と訪ねた。文章は私が書き、写真撮影は夫がしてくれた。随筆集二冊を出版した折は、私が文章を書き、夫はパソコンに入力して協力してくれた。

退職後は、教師をしている娘が帰宅するまで、一人の男孫を小学校一年生から高校三年生まで、私の家で世話をした。

夫の一か月の入院、私の長期間の癌治療入院、その他のつらいことなどを、二人で助け合って対処してきたのである。

若いころ、新婚のころ、元気で楽しい日々は、すばらしい。

しかし、三十年、五十年を経ても、お互いを思いやり、愛情やきずなをはぐくんでいくのは、結婚の真髄であろう。

そして、楽しいこと、うれしいこと、悲しいこと、苦労を共有していく。それが、共に暮らすということだと思う。

◇

わがために四つ葉のクローバー探す夫のため白詰草の花の輪つくる
澄みわたる空の下なる山里の和《な》ぎたる景《けい》を夫と見てをり
蜜蜂や今朝もいただく　汝《なれ》が一生《ひとよ》のミツを小匙《こさじ》に半分がほど
あなたとの生活ゆゑに似てきたる表情さらに肌色さへも
静かなる雨となりたりこの夕べ。『老いを愉しむ言葉』を読みぬ

◆

結婚五十二年目の手紙である。

〈今年も、結婚記念日が来ました。あと十年は、記念日を迎えたいです。最近、聴力がかなり低下してきたので、迷惑をかけることが多くなりました。聞き違いをしたり、何回も聞き直しをしたりして、あなたに負担をかけないようにしたいのですが、うまくできなくなりました。（中略）

この一年間も、幸せでした。ずっとこんなふうに生きていけたらなあ、と思います。歳をとっていくのだからそうはいかないでしょうが、望みとしては今のままで生きていたいです。今年も、あなたを大切にします。出来ることは、何でもします〉

◇

身のうちに沁み入るごとき生《あ》れたての光かがよひ今日の始まる。

夕つ陽はわれを照らして去りゆけり「ああ今日も良き一日でした」

ここまでを生きてこの地を踏みて立つ家族を愛し時を惜しみて

なじみこし夫と手をつなぎひと気《け》なき蕎麦《そば》の花咲く里わを歩く

老いわれら明るい覚悟で暮らしつつほこほこ歩むこれの世の道

◆

結婚五十三年目の手紙である（夫の最後の手紙となった）。

〈二〇二一年も、いい年でしたね。

あなたの体調が良く、若返っていくように感じるくらいです。本当にそのように感じるのです。

あなたに比べて、僕は老化を感じることがあります。少しずつ年をとっていくことは仕方がないことですから、それに合わせて生きていくしかありません。（中略）

私たちは、助け合い協力して暮らしてこれました。これからも、平穏で幸せに生きていけたら、それはすばらしいことだと思います。

自分たちのことが自分たちでできるのなら、あなたと何十年でも生きていたいのです。

「あなたを大切にする」という初心を、持ち続けます。今年もよろしくお願いします〉

二〇二二年五月、夫は「特発性間質性肺炎」と診断されて、在宅酸素療法を行うことになった。

十一月七日、緊急入院した。

十一月十日、朝八時十分、夫は七十九歳六か月にて他界したのである。

結婚してからの五十三年間の歳月は、夫にとっても私にとっても、人生の大部分である。そして、再び戻ることのない歳月でもある。

私は、働き者の父と、人の有様《ありよう》を教えてしつけをしてくれた母に、愛情深く大切に育てていただいた。結婚してからは、私をとても好んでくれた夫に、深く愛してもらい、守っていただいた。

私の約八十年間の人生は、愛情にとても恵まれたと思っている。幸福であったと、しみじみ思う。

愛する人がいる。愛してくれる人がいる。喜び悲しみを共有する人がいる。共に食事をする人がいる。語り合う人がいる。——それは、人生において、幸福なことであると、心から思うのである。

夫との結婚五十三年の日々を、いとおしく大切に抱きしめている。

◆

「またの世も妻になってね」と言ひし夫この世の息に終止符を打つ
「さびしい」と叫けば少しは楽にならむされどただただ亡き夫想ふ
「ああ　こんなことになりたり」夫逝きて寂しさきはまる三日月なりき

いつの日も二人であった　亡き夫はわが傍らにゐるやうでゐず

「これからもずっーと仲良く」言ひし亡夫《つま》と今朝も分け合ふ炊きたて御飯

朝光がやさしく包むこれの世のわれにひとつの影をあたへて

偲ぶ（五十首）

誠実にて勤勉なりし夫は病みやせ細りたる姿かなしも

朱夏《しゆか》過ぎて白秋《はくしゆう》が過ぎ「玄冬《げんとう》」の夫とわれとの一日を生《い》く

うなじ垂れ「あなたを守れなくなった」病みたる夫は寂しく言ひぬ

人工呼吸器使ひて生きるわが夫の命は一呼吸一呼吸にあり

「元気出して、寂しがらないで、笑ってね」言ひし翌日夫は逝きたり

夫は亡くただひとりにてぱりりぱりり落葉踏みゆく音のふくざつ

一人残る苦労はさせぬと言ひくれし夫はいま亡し　ひとりの夕餉

目覚めれば除夜の鐘の音《ね》ひびきをり亡夫《つま》に会ひたし声をききたし

ただひとりのあなたはゐない　庭に立ち暮れ残りたる西空に嘆く

「あなたには佳《よ》き墓を」とぞ建立し夫は逝きたりわれを残して

夫逝きてひとり暮らしのわたくしにそつとほほゑむ雪割草《ゆきわりさう》は

生き返る奇跡をときどき願ふわれひとりの夜を道祖神描く

亡き夫を胸に抱きて玄冬期をいかに越さむかああわれひとり

われを呼ぶ明るき声に振り向けば若き日の彼がまっすぐに来る

キャンパスにてわれに出会ひて恋をして深く愛して夫は逝きたり

燃ゆる恋われは知らざりさりながら夫婦の愛を確《しか》と知りたり

今日もまた共に暮らして声かくるあの世のあなたにこの世のわたし

結婚して五十四年め　装ほひて遺影となりし夫と寿《ことほ》ぐ

米寿まで共に生きようと願ひしがひとりゐるなり淋しきこの世

クローバーの花咲くころか幸せの四つ葉をくれし今は亡き夫

夫の亡きわたくしよりも蟷螂《かまきり》は尖《とが》りし顔して薔薇《ばら》の葉の上

名美《なぐは》しき日向《ひむか》「高鍋《たかなべ》」に生《あ》れしわれ伏し目がちなる老女となりぬ

〈老年の仕事は孤独に耐へること〉夫亡きわれの心にぞ沁む

夫の亡きわれはひとりで歩くなり樹の緑葉の影を踏みつつ

満月の光やさしも仰ぎ見る亡夫《つま》とわれとの縁《えにし》を照らす

ひとり身の寂しきこころを散らすため日傘をまわし苑を歩みぬ

ひとつ生《よ》を遂げたるやうに幽《かす》かにも花を閉ぢゆく睡蓮の花

亡き夫とのあの日あの時思ひをり夕顔白くひらく窓辺に

今朝もまた心のなかに抱きゐる亡夫との暮らしのあかりを点《とも》す

音読をひとり暮らしの日課とし随筆集『笑』を今日は読みたり

あなたには見えるでしょうか　これの世にたったひとりの私の暮らし

朝光がやさしく包むこれの世のわれにひとつの影をあたへて

語ること想ひあふことあんなにも幸でありしよ夫はいま亡し

今はもうこの世のここに夫はいない　朱色彼岸花咲きさかるなり

丑《うし》三つの一瞬ちかぢかと寝息を聞きぬ亡き夫の息

秋風はやさしき音をかなでをり桜葉ゆらし銀杏葉ゆらし

身の内に深くとどまる寂しさを色なき風が朝よりゆらす

霜月《しもつき》の碧《あお》き空より逝く前のわれを呼びにし夫のこゑする

亡き夫をしみじみ偲ぶ寂しさに日々を耐へきて一周忌なり

法名は「釋和光」なり　誠実にて愛情深きわが夫恋ひし

夫がほめしわが有りやうもて生きゆかむ背すぢを伸ばし笑みを絶やさず

「なぜいない」想ひ想ひし一年か夫の病死をうべなへずして

白梅のふはりと匂ふ路《みち》を行く亡き夫ゐるかとつと横を見つ

夫の亡き寂しさ抱きただ一度の短き一生を生きゆかむかな

ひとり居の庭に水仙の匂ふ朝　亡夫《つま》の読みゐし『ニュートン』供ふ

十三年め　癌再発の告知受け揺らぐこころを強く抱きしむ　（悪性リンパ腫）

夫逝きて一年三か月　歳月はむごくやさしく過ぎてゆくなり

わが夫は死んではいない　まなざしが言葉がつねに漂っている

夫逝きてベンチにひとり　公園の自然の気息《きそく》につつまれてをり

清らかにわれをつつめり宙《そら》に浮く日光菩薩の朝のひかりは

投稿歌（一）

「寛解《かんかい》」のひそかなる身の影ひきて春の杜《もり》への階段あがる　（読売歌壇・小池光選）

父母の亡き故郷に十年《ととせ》帰るなき春の茜《あかね》の雲を眺むる　（読売歌壇・小池光選）

満月を月光菩薩と仰ぎ見るわが身をつつむやさしい光　（読売歌壇・岡野弘彦選）

声をかけ犬の頭をなでるなりかつての孫に為したるやうに　（読売歌壇・栗木京子選）

夫とゆく小鳥さへずるこの山路若葉のいろに心やすらぐ　（読売歌壇・岡野弘彦選）

はるかなるものは美し触るるすべなき群青の空のすがしさ　（読売歌壇・岡野弘彦選）

家の祖《おや》の名を伝へたる「六郎坂」八百年経て獣道なす　（読売歌壇・岡野弘彦選）

※母の祖：宇多源氏吉田氏

炎天の大地を踏みてひたすらに小さな小さな蟻は働く　（読売歌壇・小池光選）

ちさき命もちて生まれし蜩《ひぐらし》のひたすらのこゑ胸せまり聴く　（読売歌壇・岡野弘彦選）

人生には終りがあるといふことをうべなひて行く　秋の花野を　（読売歌壇・小池光選）

ゆく秋のやさしき光につつまれて青空見上ぐ「ああ　命惜し」　（読売歌壇・小池光選）

秋風はわが身に沁みてやさしかりそばの花咲く畑を過ぎゆく　（読売歌壇・岡野弘彦選）

秋の色深まる野辺にまなざしの優しき女性《ひと》と擦《す》れ違ひたる　（読売歌壇・岡野弘彦選）

満月の光に浮かぶ　ふうらりと小枝にさがるみの虫の家　（読売歌壇・小池光選）

洗ふ・刻む・綴る・祈るを今日もせしわれの双手にクリームのばす　（読売歌壇・栗木京子選）

冬晴れの温み抱ける大石に夫とかけゐて「故郷」うたふ　（読売歌壇・小池光選）

はなびらの萎えつつなほも残りゐし薔薇ちりにけり如月《きさらぎ》の朝　（読売歌壇・岡野弘彦選）

春の風青空の色　わが胸に深く入りこよ　腕《かひな》を広ぐ　（読売歌壇・小池光選）

連翹《れんげう》は光のなかに咲きみちて老いたるわれの心をひらく　（読売歌壇・岡野弘彦選）

ハイハイする幼児を写すママさんが腹ばいとなるクローバーの園　（読売歌壇・栗木京子選）

ライラックの浄きさみどりそよぎゐてわが家の居間の窓開け放つ　（読売歌壇・小池光選）

合歓《ねむ》の花咲ける公園老人と犬とより添ひて芝生に座る　（読売歌壇・栗木京子選）

鎌かざし目力《めぢから》強きカマキリや君のいのちは今生きてゐる　（読売歌壇・小池光選）

七十七歳われの一生はどのあたり癌告知より九年めの初夏　（読売歌壇・小池光選）

今ともに生きゐる夫と大いなる卵黄のごとき夕陽見送る　（読売歌壇・黒瀬珂瀾選）

近隣の人らの性格それぞれにおもしろきかな七癖ありて　（読売歌壇・小池光選）

七十七歳まだ生きむかなうす桃のブラウス二着を購《あがな》ひにけり　（読売歌壇・俵万智選）

老いの身に季の恵みはうれしくてマンゴー一個をあがなひにけり　（読売歌壇・黒瀬珂瀾選）

投稿歌（二）

「寛解《かんかい》」の癌抱《いだ》きゐて読みさしの『死にゆく者からの手紙』をひらく
（第五十二回北九州芸術祭短歌大会選者賞二位）

病み臥せるわれの寝息をうかがひて夫は静かに厨《くりや》へと行く
（第五十三回福岡県民短歌大会福岡市長賞・小島恒久選特選）

「悪性リンパ腫」われにあまさず食べられて小鯛の一尾骨のみ残る　（同・藤野早苗選特選）

秋の蚊も生き抜くために必死なり「癌寛解」のわたくし刺《さ》して

（第十四回福岡県ねんりんスポーツ・文化祭短歌大会会長賞・野田光介選特選・植村隆雄選秀逸・福田昌選入選・大津留敬選入選・馬場あき子選入選）

夕顔のひと夜かぎりの白花を筆もて描く目を凝《こ》らしつつ

（第二十二回ふくおか県民文化祭短歌大会・馬場あき子選入選）

初刷りのやうな青空の高くしてわが身の内を光の照らふ

（第五十五回福岡県民短歌大会秀逸）

胡麻の粒《つぶ》のひとつひとつにある命　今朝もいただく「寛解」の身は

（第十五回北九州文学協会文学賞特別賞）

野の花とわれの心は触れあへり秋草の実の鈴振るやうに

（第十五回北九州文学協会文学賞佳作）

野の花のかたへに寄り添ふ道祖神あらそうことなど永遠になからむ

（第十五回北九州文学協会文学賞入選）

後鳥羽院《ごとば》を救はんとせしわれの祖《おや》　御扇子《おせんす》を納め「宮」を建てにき

※安来市吉田「吉田八幡宮」

（第二十二回隠岐後鳥羽院短歌大賞松籟特別賞）

人々の深き祈りを収めたる観音のみ手に優しさあふるる（第三回「文芸思潮」短歌賞奨励賞）

夫逝きて語らひのなきひとり居の庭に咲きたり一人静は

（第二十六回長塚節文学賞入選）

第四章

されど、生きている

愛する人との死別ほど、切なくて、寂しいことはない。愛する人を残して逝く者も、切なくて、つらいのである。むつまじく暮らしていても、深く愛し合っていても、夫婦には死別がある。

夫は、「特発性間質性肺炎」にて、在宅酸素療法を、六か月ほど行っていた。

そして、三日間の入院にて、二〇二二年十一月十日に他界した。

夫が他界してより、寂しさ、喪失感、寄る辺なさを抱いて暮らしてきた。心には、他のものでは埋めることのできない空洞がある。

愛情を注いで大切に育ててくれた父母は、三十年ほど前に他界している。「チサちゃんは、反抗期もなかったわね」と、笑みを浮かべていた母は、人としての有り様を示してくれた。厳しいほどにしつけもしてくれた。

夫と私は、大学校の同級生である。結婚して五十三年、夫婦の情愛やきずなをはぐくんできた。喜びも大変なことも、共有して助け合ってきた。夫は、私に愛情を抱いて、しかも大切にしてくれたのである。このような相手は、これからの私の人生において存在しないことは、明白である。

私の八十年間は、十分に愛情に恵まれていたのである。父母と夫に対して、心からの「有り難う」の思いを抱いている。

私たちは、小学校教師としての共働きであった。夫が停年退職後に、宮崎県より北九州へ転居した。一人の男孫を、小学一年生から高校三年生の間、教師をしている娘が帰宅するまで、私の家にて世話をしたのである。

孫が、大学校へ入学してからの、夫と二人だけの老年の穏やかな日々は、平凡で地味な暮らしぶりであったが、私たちは幸せだった。

貝原益軒《かいばらえきけん》が、『養生訓《ようじようくん》』で述べているような暮らしに、ほぼ近い日常であった。――〈老後は、(中略) つねに時日をしむべし。心しづかに従容《しようよう》として余日《よじつ》を楽しみ、いかりなく、慾《よく》すくなくして、残軀《ざんく》をやしなふべし〉

そして、夫は、他界する二か月ほど前に、「ぼくは、心から望んでいたあなたと、結婚できた。大好きなあなたと、心ゆたかに助け合って生きていくことを、願って結婚した。その願いがかなえられた五十三年間だった。幸せだ……」などと言ったのである。

夫が他界する前日の夜、「私たちは仲良くしてきたわね」と、私が言った。すると、「これからも、ずっーと二人で仲良くだよ。今夜もがんばる！」と、きっぱり言った。更に、「あなたを、ぼくの命よりも大切に思ってきた」とつぶやくように言ったのである。

私は、八十歳にて、一人暮らしになってしまった。これからが、老年である私の、正念場である。

私は、寂しくとも、喪失感や寄る辺なさを抱いていても、あじけない日々であっても、祖先・両親からいただいた命である。夫が愛してくれた命である。私の人生には、心から愛する両親と夫がいたのである。私が愛する一人娘と一人の孫もいる。

父母の、夫の、——きずな・情愛・言の葉・まなざし・温かい心・いろいろな思い出——などを支えにして生きていくしかない。

孤独であっても、寂しくても、幸せや喜びを探して私の人生をまっとうしたいと思う。

そして、大切な夫を心に抱いて、仲良く生きていきたい。

毎日、香をたき、供え物をしている。私の思いを、声に出して告げている。

昨夜は、「満月よ。見て、きれいよね」と。今朝は、「生《あ》れたての風よ。やさしい風。さあ、深呼吸！」と、両腕を広げた。

毎日、「和孟さん、一緒に歌いましょう」と、歌っている。抒情歌《じょじょう》は、かえって寂しくなるので、明るい童謡を選んでいる。

懐かしき童謡さへもしみじみと寂しさ湧きぬ夫亡きわれは
一人娘に求むることはほどほどに夫亡きわれを愛《いと》しみゆかむ
生きてゐるだけでよいのだ　老年のひとり暮らしのわれを励ます
人のいのち「生・老・病・死」はさけられず老いも病もうべなはんかな

小さな生き物のいる庭

顔を洗い、庭へ出る。
生《あ》れたての朝風に触れて、深呼吸をする。
そして、生き物たちに出会う。私の一日の中の小さな喜びでもある。
朝七時。小灰蝶《しじみちょう》が、行きつ戻りつしては、花から花へと移っている。
やがて、紋白蝶《もんしろちょう》・紋黄蝶が舞い始める。

蟻もいる。私が目にするのは、働き蟻である。餌を運ぶ労働者でありながら、卵の世話もするという。

根切虫もいる。花苗を根際から断ち切ることがあり、私をがっかりさせる。

ときには、逃げ足の速い蜥蜴《とかげ》もいて、私を驚かせる。バッタ・テントウ虫・蜂もいる。

愛らしい雀が来て、「チッ、チッ」と啼《な》く。

サルビアの葉に、カマキリ虫がいて、私をにらみ、鎌を振りかざす。

今日も、広くない庭で、小さな生き物たちが、働き、自らを養い、子孫を残し、一生を終える。「一寸の虫にも五分の魂」ということわざがある。〈魂とは、生きている動物の生命の原動力と考えられるもの〉と、国語辞典に記してある。

黄のいろの菜の花畑の虫たちを光に包む日光菩薩
名も知らぬ虫が這《は》ひをりわが庭の小さな命にそそぐ春日ざし
菜の花に初めて触るるよろこびに生れたての蝶ひらひらと舞ふ
幼虫も死んだふりしてつつましく丸くなりたり「生きたいのよね」

鎌かざし目力《めぢから》強きカマキリや君のいのちは今生きてゐる
蟷螂《かまきり》も命がけなり鎌をあげ眼をひからせて一歩もひかぬ
電線により添ひ並ぶ雀らのないしょばなしの愛らしきこゑ
ほほゑみのお地蔵さまに寄りてゆく雀もわれもほのぼのとして

「萬物生光輝」

「萬物生光輝《ばんぶつ》（萬物光輝を生ず）」とは、〈あらゆるものは、命の輝きを自ら放つ〉の意味であるという。

三月上旬、樹の枝には、芽ぶきが光をまさぐっている。

冬越しのノースポールの可憐な白い花が、ほぼ満開である。ツツジや薔薇《ばら》の枝には、光に向かって、鮮やかな緑が少しばかり吹いている。みずみずしい生命力である。

虫も躍動を始めた。今朝は、紋白蝶《もんしろちょう》が、花々に舞っていた。やがて、テントウ虫も葉の上に憩い、蟻が穴から出てくる日も、近いだろう。

あらゆるものは、生きる力を秘めている。

四月上旬である。

「わあ、きれい！」

桜木へ駆け寄る人、花に触れる人、うっとりと眺める人、いつ見ても、桜の花は私の気持ちをやさしくする。

時折、桜の花びらが、緑の草むらへ舞い降りている。

その草むらに、茎を直立してハルジオンが二輪咲いていた。ほんのりと紅をさした白い花である。

桜一輪、ハルジオン一輪、それぞれに異なった美しさや愛らしさがある。

桜の花びらが散り終わるころに、よく見かけるのがヒメジョオンであり、畦《あぜ》や道路脇にごく普通に生《は》えている。白い花は、紅色を帯びずに、中央が黄色い。

ハルジオンは、うつむきかげんに蕾をつける。ヒメジョオンの蕾は、下を向かない。どちらも、キク科の多年草である。北アメリカ原産で、帰化植物という。草丈は、六〇センチほどもある。梢は枝分かれしていて、その先端に頭花《とうか》を多くつける。

ハルジオンは「春紫苑」、ヒメジョオンは「姫女苑」と、みやびやかな漢字で書く。

野の草花は、小さくて地味なものが多いが、よく見ると繊細で美しい。

身近に生きている草花は、今日も太陽光を私たちと分け合い、同じ風に吹かれている。

一人暮らしのうつむきがちな私は、坂村真民《さかむらしんみん》の詩を、時折口ずさみ、自分自身を励ましている。――

どんな小さな花でも
せいいっぱい咲いているのだ
だからかすかな自分自身でもせいいっぱい生きていこう

調身・調息・調心

若いころから私なりに精神を深めたい、という思いを抱いてきてはいる。

中年になると、健康でいたい、という思いから、食事・睡眠に少なからず心掛けてきた。

老年になると、無理をしない程度に、歩いたり体操をしたりしてきている。

「調身・調息・調心」という禅の言葉がある。

『禅の心で大切な人を見送る』（枡野《ますの》俊明《しゅんみょう》著、光文社）に、次の文章がある。――

〈「調身《ちょうしん》・調息《ちょうそく》・調心《ちょうしん》」の順で心が整うといわれます。調身とは姿勢を整えること。横から見て背骨がS字を描き、尾骶骨《びていこつ》と頭のてっぺんが一直線になるのがいい姿勢です。調息とは丹田《たんでん》呼吸を整えること。丹田とは、へその下一〇cm程のところをいいます。一分間に三、四回程度のペースで腹式呼吸を繰り返します。調身、調息がうまくいけば心は自然に整います〉

夫が他界してから、一年五か月が経過した。今年、私は八十二歳である。寂しさや喪失感や寄る辺なさを抱いて暮らしている。このような状況にある私は、「調身・調息・調心」を、一日に一回は行うことにしている。

「閑坐聴松風（かんざしてしょうふうをきく）」という禅語がある。静かに坐り、風の葉をゆらす音を聴く、の意味があるという。ときには、このような境地、ひとときを、過ごしたいと思っている。

「黙止」とは、『広辞苑』に、「無言で考えにふけること」と記してある。

私の場合は、黙止でも、黙想でもない。

半年ほど前から行っている。私の自己流である。——

いすにかけて、背筋を伸ばす。眼を閉じる。三面六臂《さんめんろっぴ》観世音菩薩像を、思い浮かべる。次に両親を、次に夫を、次に笑顔の私を、思い浮かべる。次に「先祖さま」と、呼びかける。

更に、朝の洗顔後には「よろしくお願いします」と言い、「和孟さん、今日も共に暮らしましょうね」と言い添える。夜の就寝前には、「今日もありがとうございました」と声に出して言う。私の習慣になっている。

※三面六臂観世音菩薩像

私の母祖は、宇多源氏佐佐木吉田氏である。吉田厳秀《かねひで》（六郎）は、滋賀県蒲生《がもう》郡竜王町川守《かわもり》（旧・吉田）の「野寺山城」を、本拠とした。

そして、蒲生郡竜王町川守の吉田荘、草津市志那《しな》町の吉田荘、犬上《いぬかみ》郡豊郷《とよさと》町吉田の吉田荘、島根県安来《やすぎ》市吉田（出雲国能義《のぎ》郡吉田）の吉田荘を兼領した。

吉田厳秀の五男（泰秀）が、出雲に住した。母の祖である。母の祖は、尼子《あまご》氏が毛利氏に敗《やぶ》れるまで、出雲に住している。

三面六臂観世音菩薩像は、平安後期の作とされ、像高一〇七・五センチである。草津市志那町吉田の吉田城館の橘堂《きつどう》に、安置されていた。しかし、橘堂は、一五〇九（永正六）年に焼失した。本尊は、救出された。その後、元の位置に仏堂が建立されて、本尊を奉還したという。

十五年に一度の半開帳、三十年に一度の全開帳を行っている。現在、草津市の吉田家は、本尊を京都大学に寄託しているという。

老年の日々

窓を開けると、朝の清々しい空気がすっーと流れ込んでいる。

広くない庭や植木鉢には、金魚草・撫子《なでしこ》・百合・ゼラニュームなどの花が咲いていて美しい。それぞれが自然体であり、独自の生きざまを呈している。

わが庭から二〇〇メートルほど離れた校庭には、新緑のメタセコイアが、まっすぐに青空に向かって伸び立っている。

花々や樹々を眺め、大空を仰ぎ、深呼吸をするのが、私の習慣になっている。

一日に三度仰げど飽かぬもの　わが安らげる空ありにけり
朝の風　大空の青　わが胸に深く入りこよ腕《かひな》を広く

私は、まさに老年期である。

中国では、人間の一生を、「青春・朱夏《しゅか》・白秋《はくしゅう》・玄冬《げんとう》」と、四季に喩《たと》えるという。インドでは、「学生期《がくしょう》・家住期《かじゅう》・林住期《りんじゅう》・遊行期《ゆぎょう》」と、四つの時期に分けるという。

私は、玄冬であり、遊行期である。残生は、少なくなった。

夫が他界してより一年半である。いまだに寂しさや寄る辺なさは、変わらない。おそらく、この感情や思いは、私の命が尽きるまで抱いていくだろうと、覚悟している。

人の命の定めのなさが、身に沁みる。

命ある動植物に、今までよりも親しみや情愛を抱く。植物にも花の盛りがあり、散りぎわがあり、移ろいがある。

歳月にさらされた老木のたたずまいにも、心ひかれる。よくぞここまで生きてきたものだと、幹をなでたくなる。その老木が花を咲かせると、更に感動する。

私自身も残生《ざんせい》が少ない老年である。自分の寿命や老いや病も、気にはなるが、自然の摂理《せつり》として受け入れるしかない。

これからは、身体の不調も増すであろう。老いの寂しさも、もっと身に沁みるであろう。

老年に限ったことではないが、生涯を通して、事柄の大小を問わず、悩みや問題が生じてしまう。

その折には、真剣に考える。考えや心情を深めるには、よく考えることや反省することが大切であり、必要であると思う。

けれども、執着し続けることは、心身のストレスにもなる。心を平静に戻すことが肝要であろうか。

そして、老いていく日々を、楽観せず悲観せず、精神や身体を整えつつ、明るく生きたいと、願っている。

自分自身の日々の営みを、丹念に続けていく他はない。

私を深く愛して大切にしてくれた夫は、他界してしまった。

次の文章を、折々に思い浮べては、心の杖にしている。『禅の心で大切な人を見送る』（枡《ます》野《の》俊明《しゅんみょう》著、光文社）の一節である。——

〈私たちには、預かっている命を精一杯生きる務めがあります。その生がつらく苦しいものばかりだとしても、喜びを見出す努力をしながら、最期まで生きるのです〉

老いといふ思ひ深まり鳥のこゑわれの声きくしみじみとして
これの世に生《あ》れたるわれに一度きりの一生《ひとよ》のありて終《つひ》の日がある
残生の一日一日をいとしむをわがいのちへの礼儀としたり
人々の深き祈りを収めたる観音のみ手に優しさあふる

◆

「悪性リンパ腫・ステージ四」と告知されてより、約十二年が経過した。八回の抗癌剤治療を終了して、「寛解《かんかい》」の状態である。

私の一日である。

- 豆乳・バナナの朝食、バランスの良い昼食・夕食をいただく。
- 家事をする（午前・午後）。
- 新聞を読みながらコーヒーを飲む。
- テレビ体操を行う。
- 週に三日ほど、公園やスーパーまで歩く。行かないときはルームウォーカーで六十分歩く。
- 就寝前に、十分ほどストレッチなどを行う。

・趣味をたしなむ（読書・短歌・文章）。
現在までに、随筆集一冊、紀行集二冊、祖先についての本（調査・資料）一冊、闘病記一冊を出版した。
・ささやかな楽しみを持つ。
花壇や植木鉢の花の世話をする。美しい映像を見たり、心地良い音楽を聴いたりする。夫が病気になるまでは、小旅行・ドライブ・催し物・美術館・神社や寺巡りなどを、夫と楽しんだ。現在は、私一人で、公園・花苑・美術館へ行く程度である。ただ、十か月前から週に一度ほど講座に参加している。
・ストレスをためないように心掛ける。
・娘と話す。
近くに住む娘は、共働きである。夫が他界してからは、月曜から金曜まで、勤め帰りに来て、五分ほど話をしてくれている。

このような平凡で素朴な営みの中にも、小さな変化やささやかな喜びはある。

私は、家事ができる。歩くこともできる。読書もできる。当り前のようなことができるのは有り難い。

そして、毎日、亡くなった夫に、声に出して話し掛けている。

だが、夫のいない寂しさや空洞感は、他のものでは埋まらない。

忘れられる存在、されど

〈親というものは、忘れられる存在である〉

誰の言葉なのか、文章の前後関係も、記憶にない。この言葉のみを、覚えている。親にとっては、切ない言葉である。

大抵の親は、我子を慈しみ、大切に育てる。自分の心身を傷《いた》めることも、犠牲になることもいとわない。少なくとも、子供を育てあげたいと思う。親としての責任を果たそうとする。だが、我子を利用するだけの親もいる。自分の老後の世話をしてもらうために、子供を育てるのだ、と言う人もいる。このような親は、極めて少ないが、確かにいるようである。

成人になっても、親にいろいろと世話になることを当然だ、と思っている子供もいる。親が愛情からした言動を、悪い方にばかり受け取ったり、文句を言ったり、冷たくしたりする。このような子供も、少数ながらいる。

だが、親に対して、思いやりや感謝を抱いていて、やさしく接する子供もいる。自分のできる範囲で、手助けをする子供もいる。

親子の間において、お互いを受容し、お互いを気づかう。このような温かい気持ちがあるのが理想ではあるが、願うようにはいかない。

なぜならば、親子といえども、性格・情愛・知識・経験・想像力・理解力・忍耐力などが、異なるからではないだろうか。

また、子供を養育していたり、共働きであったりすれば、自分の家庭のことで精一杯である。まして、親が遠距離に住んでいれば、世話も難しくなる。

更に、嫁や婿が家族に入ると、人間関係も複雑になりやすい。

しかしながら、どのような事情があろうとも、親子の情愛やきずなは、お互いに抱いていたいものである。情愛やきずながあれば、人としての節度や誠意があれば、お互いに、温かさが通うのではないだろうか。できる範囲内だけでも、何かの手助けができるのではないだろうか。

子供は、親を選べない。親も、子供を選べない。お互いに、この縁《えん》を大切にしたいものである。

日本で、「核家族」という言葉を聞くようになったのは、一九六〇（昭和三十五）年ごろであった。そのころから、老いた親だけが残ってしまうという構図になってきたと思う。

私と夫は、教職に就いていて、共働きであった。

退職して後、小学一年生の孫の世話をするために、宮崎県より北九州へ移転した。一人娘の家族が住むマンションから歩いて五分ほどの所に、新居を建てたのである。

娘は、共働きであり、夫がいる。つまり、自分の家庭がある。

従って、娘の世話になることは、多くは期待できない。

私は、昨年（二〇二二年）の十一月に、大切な夫を亡くした。一人で生活できる間は、この自宅で暮らしていく。

介護が必要となれば、いろいろな介護サービスを受けて、自宅で暮らすつもりではある（ぜいたくはできないが、困らない程度の蓄えはある）。

更に、在宅での生活が困難になれば、老人介護施設に入所することもありうる。入院することもあるだろう。

一応、このように覚悟してはいるが……。

四十代のころには、遠くに思っていた「老い」が、現実になったのである。

忘れられる存在、されど……。心を寄せてくれる人がいる。それは、幸せである。

一人でもいい。

◆

親身になってくれる人がいる。子供がいる。

それは、高齢の人にとって、高齢の親にとって、心のよりどころとなる。

毎日、親の介護をすることは、大変である。まして、共働きであったり、自分たちの家族に事情があれば、介護は難しい。

しかし、自分の可能な範囲でもいい。太陽の光が遠くから温めるように、月の光がやさしく包むように、見守ってくれる人がいる。子供がいる。

それは、高齢の人にとって、高齢の親にとって、どんなにか、心を和らげることになる。

次に記すのは、高齢の親に対して、情愛を込めて、見守っている方々の話である。

「朝日新聞」の「ひととき」欄に、五十九歳の女性の文が掲載されていた。その概要である。――

女性の母が他界されて、一人暮らしをしている父の安否確認のために、決まって夕方の六時には、電話をかけていた。

父との会話は、わずか二十秒ほどであった。

「もしもし、何か変わったことは?」

そう問いかけると、

「今日も、変わりありません」

いつもの口調で、父は答えた。

「それでは、気をつけて。また明日」

「はい。はい」

父は、二度ほど明るい声で返事をした。

父との会話は、話すこともないために、いつもこのような内容で、二十秒ほどの短いものであった。

そして、父が他界してからは、六時になると、ふっと寂しくなるという。――

毎日、電話をしてくれるやさしい娘の存在は、高齢の父にとって、どんなにか心強くうれしいことだったにちがいない。

父は、六時近くになると、娘からの電話を待っている。電話の後は、温かい気持ちになり、一人の夕食をとる……。そして、安らかな眠りに入られたのではないだろうか。

私の知人であるKさんは、身体や時間を使い、母親に寄り添っていらっしゃる。Kさんのお母さんは八十三歳。一人で暮らしておられる。身の周りのことも料理もされる。Kさんは、以前から週に一度、母親に電話をしてこられた。Kさんは主婦業である。お母さんが八十歳になられてからは、車で片道二時間ほどかけて、夫婦で月に一度ほど訪ねておられる。お母さんだけでは、行き届かない庭の掃除、買い物などをするためでもある。Kさんの夫は、嫌がることなく、当然のこととして行動をされるという。

私の知人であるPさんのお母さんは、七十一歳で他界された。その後、お父さんは、一人で暮らしておられた。Pさんは、お父さんのことが気がかりで、車で片道二十分ほどをかけて、週に四日ほど訪ねておられた。お父さんは、掃除や料理などできる方ではあったが、作った料理を持って行ったり、買い物をしてあげたりするためでもあった。

ところが、八十一歳ころから、軽い認知症になられた。Pさんは、お父さんを自宅に連れて来て世話をされていたが、一年間ほどで認知症が進行してしまったのである。

「二階から落ちたら大変ですから、介護施設に入居させたのですよ」と、おっしゃった。

Pさんは、勤めに行っていないからと、車で片道二十分ほどで着く介護施設にいるお父さんを、ほぼ毎日訪ねておられたという。

「私が誰かも、父には分からないのですけど……」と、寂しそうであった。

施設に入所されてから、二年ほどして、お父さんは他界されたのである。

同じく「ひととき」欄に、「生き方を示す母の合掌」が掲載されていた。九十六歳のお母さんと同居されて七か月の娘さんの短文である。

〈わが家をよその家と思っている母は、毎朝「今日一日お世話になります」、夕方には「今日はお世話になりました」と、夫にあいさつを欠かさない〉という。しかも、母は、日によっては何度も同じあいさつをする。〈その都度、夫は何事もなかったかのように同じように礼を返す。母は恥ずかしそうに、満足そうにほほえんでいる〉と、記してあった。

なんとも、愛らしく、人としての有り様が麗《うるわ》しい、お母さんである。

娘さんは、心やさしく思慮深い。「迷惑なのよ」と、止めることはなさらない。むしろ、

〈夫には申し訳ないが、ありがたいことだと思っている。（中略）まさに介護冥利《みようり》である〉

と、述べられている。

お二人とも、お母さんのこころをこころで温かく受け止めておられるのだ。このような娘夫婦に見守られているお母さんは幸せであろう。

お母さんは、朝夕の読経を、長年の習慣として続けておられたという。今では、朝日に合掌し、夕日に合掌し、トイレや風呂場にも合掌されるという。当然、娘夫婦に対しても合掌されている。ご自身の人生を、人間性を、完成させた、と思えるような、晩年のお姿である。

そして、品格があり、心穏やかな、ご家族である。

人生の寂しさ

〈寂しさ〉について、唯円《ゆいえん》が親鸞《しんらん》に問うている。――

唯円　お師匠様。私はこのごろなんだかさびしい気がしてならないのです。（中略）

親鸞　そうだろう。お前は感じやすいからな。

唯円　何もべつにこれと言って原因はないのです。しかしさびしいような、悲しいような

気がするのです。時々は泣けるだけ泣きたいような気がするのです。（中略）

親鸞　さびしいのが本当だよ。さびしい時にはさびしがるよりしかたはないのだ。

唯円　今にさびしくなくなりましょうか。

親鸞　どうだかね。もっとさびしくなるかもしれないね。今はぼんやりさびしいのが、のちには飢えるようにさびしくなるかもしれない。

唯円　あなたはさびしくはありませんか。

親鸞　私もさびしいのだよ。私は一生涯さびしいのだろうと思っている。もっとも今の私のさびしさはお前のさびしさとはちがうがね。

唯円　どのようにちがいますか。

親鸞　お前のさびしさは対象によっていやされるさびしさだが、私のさびしさはもう何物でもいやされないさびしさなのだ。人間の運命としてのさびしさなのだ。それはお前が人生を経験して行かなくてはわからないことだ。（後略）

（倉田百三著『出家とその弟子』ポプラ社より）

◆

五十八歳の私は、記している。――

このごろ、〈寂しさ〉を覚えることがある。短歌を詠んだり、随筆を書いたり、読書をしたりしている間は、湧いてこない。だが、家事などを終えた後や空を眺めているときなどである。

この寂しさの根底には、何があるのだろう。

・父が他界して十三年、母が他界して十年が経っている。

父母の墓や位牌は、兄夫婦が守っている。

私は、父母の遺影を小さな仏壇に納めて、香をたき花などを供えている。折々の父母との会話や表情、父母の愛情に包まれていた子供のころなどが、よみがえってくる。今となっては、会いたくても、してやりたいことがあっても、父母はこの世にいないという現実を実感している。

亡き父母への思いは、私の寂しさの一つの要因であろうか。

・母が他界したとき、山口大学人文学科の学生であった娘は、六年前に、福岡県北九州市に職を求め、教職に就《つ》いた。

一年ほど前に、長男の方と結婚した。一人しかいない子供が他家に嫁いでしまった。娘は、北九州に住んでいる。子供が生まれれば、共働きの娘の帰省は年に二度ほどであろう。私たちは、宮崎県で暮らしている。

このようなことも、寂しさの一つの要因であろう。

・現在、五十八歳の私は、更年期である。

足がかなり冷えるほどで、体の不調はない。けれども、更年期特有の身体の生理は、微妙に精神状態に影響して、寂しさの要因を生じさせているのだろうか。

・私は、父母の愛情を存分に受けて育った。

子供のころから現在に至るまで、人間関係において、他人からの痛手を受けたことはない。しかも、誠実で純朴で責任感のある夫は、出会って以来、私をとても好んでくれ、大切にしてくれている。

このような状況の中で生きてきた私でも、五十八年近くを生きていれば、自分自身や他人の本性も、社会の実状も、ある程度は見えてくる。真実・美しさ・やさしさだけではなく、醜さ・愚《おろ》かしさ・ずるさなどを、それなりに感知できるのは、すばらしいことではありながら、寂しさも覚えることになる。——

私は、六十九歳のときに、「悪性リンパ腫・ステージ四・低悪性」を患った。一回目の抗癌剤治療の際に、多量の吐血・下血をしたために、二回目の治療は二か月ほど経って施された。従って、八回の抗癌剤治療が終了するまでに約八か月を要した。

そして、癌を患った私は、死や寿命や残生《ざんせい》を認識することになったのである。

しかも、私の場合は、治療を受けても、完治することは難しく、「寛解《かんかい》」という状況で生きていくことになり、寂しさを抱くことになったともいえる。

◆

私が七十六歳のとき、孫が大学校へ入学した。

私が六十四歳のとき、宮崎県より北九州へ移転し、娘家族の住むマンションの近くに新居を建てた。教師をしている娘が帰宅するまでの時間を、孫は小学一年生から高校三年生まで、私たちの家で過ごしたのである。

思えば、教師としての共働き、父母のこと、一人娘との暮らし、孫との日々、……これらは、夫と私が大切にしてきたことである。しかし、ほぼ終えたといえる。

とはいえ、大切な家族への思いは、これからも終わることはない。
そして、老年の私たちには、二人だけの暮らしが残っている。大切な日々である。

◆

七十八歳　われの一生はどのあたり癌告知より九年めの初夏
残生はいかほどならむわが命ほのと灯して蟬時雨《せみしぐれ》聴く
老いわれら明るい覚悟で暮らしつつほこほこ歩むこれの世の道

◆

夫と私は、宮崎大学教育学部四年課程の同級生である。
二〇二二年五月、夫は、「特発性間質性肺炎」と診断された。慢性呼吸不全であり、在宅酸素療法を行うことになった。

夫も吾も病を抱き「大丈夫」「ああ、ありがとう」一日を紡ぐ
いつの日も見守りくれし夫なりき　今は病みゐて脚細く立つ

私たちの残生は、少なくなった。
老いてゆくこと、亡き父母のこと、娘たちのこと、寿命のこと、諸行無常のこと、生きるということなど。――これらのことは、私の力量や思いではどうすることもできないもの、耐えねばならないもの、ゆだねなければならないもの、努力や工夫の必要なもの、生涯の道づれにするべきこと、などを内包している。
寂しさは、私の性格や感性だけでなく、前述したもろもろの要因などが微妙に絡み合って生じるのであろうか。

二〇二二年十一月十日、大切な夫は、七十九歳六か月で、他界したのである。

キャンパスにてわれに出会ひて恋をして深く愛して夫は逝きたり
「これからもずっーと仲良く」言ひし亡夫《つま》と今朝も分け合ふ炊きたて御飯
亡き夫を来る日も来る日も偲びをりかくてわが生《よ》は過ぎゆくらむか

◆

私は、八十一歳になった。

私が生きてゆく日々には、他の人に助けてもらわねばならないこともある。だが、自分自身に頼るしかないことがあるのも、自覚しておくべきである。それが、生きる者の気概である。

ましで、自分自身でしか対処できない感情や考え方や在《あ》り方は、なおさらである。自分自身の平穏な心情を保つことは、老いてゆく私の課題でもある。

更に、人間は、自分自身を超える大きな力によって、生命を与えられる生物である。自分の命も、自然にゆだねる他はない。

その上で、自分の心身を整えつつ、生きていく。それが、生命を与えられた私の、祖先や父母から命を享《う》けた私の、義務でもある。

◆

私を大切に育ててくれた父母との歳月。愛情やきずなをはぐくんだ結婚五十三年の歳月――楽しかったこと、幸せだったこと、有り難いこと……。

いろいろなことが、花の香りにも、風の動きにも、星の瞬《またた》きにも、反応して、思いがけないときに、ふっと湧いてくる。

そして、寂しさも……。

掛け替えのない大切な夫、私を愛してくれた夫、その夫を亡くしたということは、深い寂しさ、喪失感、孤独を抱かせる。何物でも、いやすことのできない寂しさである。
これが、人間の運命としての寂しさであろうか。

夫の亡きわれはひとりで残る生《よ》の今日を生きむと飯をいただく
夕顔の咲けば呼びたし毎年を夫と眺めし記憶かなしも
かの世をば心の隅にそつとおきわれの一生の今日をまた積む

言の葉つづり

私は、六十九歳のときに、悪性リンパ腫（ステージ四）を患った。五月に、一回目の抗癌剤治療をした際に、多量の吐血・下血をした。八回目の治療が終了したのは、二〇一一年十一月末である。

大病を患って過ごす日々、愛する相手がいる。愛してくれる相手がいる。
それは、大きな支えである。

・夫の愛情に守られている。
そのように、実感できることは幸せである。

・健やかな日々も、闘病の日々も、一日一日を生きるというのは、修業ともいえよう。

・病を患っていても、ささやかな喜びを見つけて、少しでも明るく、さわやかに暮らしていきたい、と思う。

・自分のことが何ひとつできない。声も出せない。そのような状況にありながら、微笑《ほほえみ》を浮かべて人のやさしい心に、こたえた方がおられるという。

・草木も、虫も、人も、それぞれに与えられた寿命がある。それが、自然の摂理なのであろう。
けれど、生きられる限り生きたいと思う。愛する人と共に……。

・朝が来て、
小鳥がうれしそう。ぴょんぴょん跳ねては、餌《え》をついばんでいる。
朝が来て、
私もうれしい。新鮮な気分になる。

・病を患っていても、ほほえむことができる。愛情を抱ける。言葉があり、知恵がある。喜びや尊いことが見つけられる。

・病を患っているからこそ、美しいものに目を向けたいと思う。人の有り様に、絵画や文章に、草花や風景に……。

・大病を患っている私は、無理をしないように心掛けている。けれど、頭を使い、心を使い、体を使い、できることはするように心掛けている。

・私は、「こころ」を抱いて生まれた。こころを清く澄ませて、こころを耕して、愛情・真《まこと》・誠実さなどを、抱いていていたい。

自分自身を観る眼《みめ》と、他の人を観る眼をもっていたい。
こつこつと努力して、ゆったりとして、穏やかに過ごしていく。
夫・娘・孫を大切にして愛して、終《つい》の日まで生きていきたい。
このように、七十一歳の私は願う。

◆

二〇二二年五月、夫は「特発性間質性肺炎」と診断され、在宅酸素療法を行っていた。十一月七日に入院して、十日の朝に他界した。

私は、八十歳にして、大切な夫を亡くしたのである。一人暮らしとなった。
・お互い認め合い、むつまじく暮らしていても、必ず別れがある。夫婦のどちらかが先に逝く。このことを受け入れられずに、幾度考えたことだろう。しかし、この事実は、どうすることもできない。
残して逝く者も、とても心残りがあるだろう。残された者も、埋めようのない空洞を心に抱き、深い寂寥《せきりょう》感を抱くことになる。

・若い日の私への一途な恋心、共に暮らした五十三年間の情愛やきずな、夫との思い出や言葉や温かいまなざしなどが、一人暮らしの私を支えてくれている。

・朝・昼・夜に、焼香《しょうこう》をして、合掌をしている。夫に語りかけ、「共に歌いましょう」と、声に出して歌っている。一日についてのことを伝えている。これだけでも、私の心は和《なご》む。

・共に食事をする。共に語り合う。共感し合う。助け合う。ささいなことで笑う。このような相手がいるということは、とても幸せなことである。

・私は、この先、どのくらい生きておられるのだろう。寂しくても、大切な夫を胸に抱き、これからも一日一日を、丁寧に大切に暮らしていくしかないのだ、と覚悟するようになった。とはいえ、一周忌を迎えても、寂しさは減ることはない。ときには、泣きたいほどの悲しみが込み上げることもある。

・顔施《がんせ》（穏やかに喜びの表情で人に接する）。言辞施《げんじせ》（相手に対する思いやりに満ちた言葉をかける）。身施《しんせ》（自分の体で奉仕する）。

このような法語がある。

平凡な私は、三つの「施」を身につけることは、無理である。せめて一つ、「顔施」の人に近づきたい、と夢みている（私は、八十一歳になった）。

マザー・テレサは、「微笑《びしょう》は神の賜《たまもの》です」と述べている。
・小鳥が啼《な》き、軽やかに蝶が舞う。蟻がせっせと働いている。庭の花々が、美しい。空を仰ぐと、日光菩薩が暖かく照らし、月光菩薩がやさしく包んでくれる。私には、大切な一人娘と孫一人がいる。
・日々、心を洗い、身体を整え、精神を深めて、暮らしていきたい、と思う。松原泰道師は、「生涯修行　臨終停年」と述べておられる。
・私は、夫であるあなたを、胸に大切に抱いて暮らしている。あなたが、いつも私の背後にいるような思いがある。私をとても好んで大切に守ってくれた夫のまなざしは、温かくてやさしい。

夫が他界してより一年八か月が経過した。寂しさや喪失感は、減ることはない。されど、朝になれば、空気を肌で感じ、朝光を浴びる。空を仰ぎ、深呼吸をする。庭の花に水をやり、花に触れる。蝶に、テントウ虫に、声をかける。流れる白雲の輝き、澄んだ青空、雀や子供らの生の喜びの声……。八十二歳の私の、心に身体に沁みる。自然の美しさ、生き物の喜びやたくましさなどを、夫と共に暮らして、足を止めて、味わいたかった。


朝・昼・夜と、過ぎていく。

春・夏・秋・冬と、過ぎていく。

私の、青春期・朱夏《しゅか》期・白秋《はくしゅう》期は、既に過ぎた。玄冬《げんとう》期の終わりのころを、生きている。

人生とは、仕事をするとは、家族とは、幸福とは、どういうことなのか、どういう意味があるのか、などと考えたものだ。

現在の私は、今までの歳月への郷愁に思いを馳せ、今日一日を思いやっている。

・父母に、愛情深く大切に育ててもらった歳月。誠実な夫との、情愛やきずなをはぐくんできた歳月。――私の八十年の歳月は、とても幸せであった。愛情に恵まれたと思う。

・苦労を苦労として、喜びを喜びとして、幸せを幸せとして、悲しみを悲しみとして、この世の光の中で、夫と共に、最晩年の「今日の一日」を過ごしていきたかった。可能であれば、あと十年を……。

・生涯には、悲しい日、つらい日、楽しい日、幸せな日、喜びの日などがある。夫亡き後の一人暮らしは、寂しくわびしい。けれども、どのような日も、私の生涯における掛け替えのない一日である。

・残り少ない私の人生を、夫と共に生きていく。――無理をせずに、無精をせずに、気負わずに、自分にできることをして、ささやかな喜びを味わって、私なりにより良き生を見出して、暮らしていきたいと願う。

◆

夫の言の葉

・夫が他界する二か月ほど前には、「ぼくは、心から望んでいたあなたと、結婚できた。大好きなあなたと、心ゆたかに助け合って生きていくことを、願って結婚した。その願いがかなえられた五十三年間だった」「あなたにふさわしい人間になりたいと、ぼくなりに努力してきたつもり」――このようなことを言った。

・夫が他界する前の夜に、「寂しがらないでね。元気を出してね。また、笑ってね」と、私を励ましてくれた。

更に、「自分の命よりも、あなたを大切に思ってきた。今も幸せ」と、夫はつぶやくように言った。

これらの夫の言葉、夫との歳月、情愛やきずな。すべてが、私の心から消えることはない。生きていく私の支えである。

うれしい便り

四十年ほど前の教え子から、郵便物が届いた。当時の中島賢太郎君は、小学校四年生であった。現在は、五十歳ほどである。

中島君は、大学校を出て、小学校教師をされていた。その教育実践を論文にして、幾度も発表された。更に、教育機関での研修もされた。

現在は、鹿児島純心女子短期大学にて、教鞭《きょうべん》を執《と》られている。

郵便物には、『考える子ども』（社会科の初志をつらぬく会、二〇二四年五月）が、同封されていた。

その特集に、中島先生の論文「『心動く』と道徳的価値の間で―教師の道徳性の『自己否定』的考察―」が、掲載されていた。

論文の序文には、次のように述べられている。その一部分である。――

〈「おはよう」と教室に入ってくる子どもたちを待つ朝が楽しみだった。子どもたちと共に一緒に成長させて頂いた教室を離れ五年目の春を迎えた。（中略）

今回「考え・議論する道徳」をテーマに論考する機会を頂き、現場を離れたからこそみえてきた事と自戒の念を皆様が考える一助になればと語らせて頂きたい（後略）〉

論文の本論に、私が触れるのはやめたい。なぜならば、私は小学校教師であったとはいえ、深く勉強していたとはいえない。しかも、中島先生の論文を、論考・考察する能力や見識を持っていないからである。

長い論文の一部分に、私に関することを、次のように記していただいている。——〈それでも自分は「感動する」ことを伝えていくであろう。恩師の著書（田浦、一九九八）に小学生時代の自分の姿が記されている。「道徳の時間に、主人公の気持ちに感動して、目をうるませることもある」と。

恩師は「児童を愛すること、人間教育をすること、教科指導や生活指導を丁寧にすること、感動する心を育てることは、在職中の私自身に課してはいた。（中略）ただ、『感動する』ことは児童（人）の心をよい方向に変え、才能や能力や個性をおしあげることができる、とは思っていた。そのために、私なりに努力した」とも書かれている。

私は、この恩師から感動する心と自分を表現する喜びを授けて頂いたと今でも思っている。帰り道にみつけた発見の発表の場を設けたり、自分が書いた作文を新聞に投稿して下さったり、何より「友達のよいところや美しい行為をみつけよう」と朝の会・帰りの会で発表させて頂いたり、母の様なひだまりの様な恩師が大好きだった。そして、一番好きだったのが道徳の時間であった。

文の締めくくりに「N君や教え子たちが、何かに出会い、何かに感動して、よい方向に心を燃やして、生きていくことを願っている」とある。〈後略〉〉

当時の中島君に関する文章を、私の著書『まなざし』に掲載している。その一部分である。

◆

――

〈快晴の日であった。

樹々の葉が、朝の透明な光に輝いていた。それぞれの樹々は、微妙に異なる緑色の葉を風に揺らしている。

やわらかな緑葉を眺めながら、私がバスを待っていると、大勢の中学生が向かい側の歩道をくだってきた。ナップザックや水筒を肩にかけている。

中学生の長い列に、小学四年生のときに受け持った教え子の顔が、ちらほらとみえる。笑顔をむける生徒、手を振る生徒、あいさつをする生徒……。もう、中学二年生になったのだ。

突然、声がした。

「先生！」

三〇メートルほど離れた右手の列の中から、男子生徒が手を上げている。N君である。彼は大声で言った。

「先生、ぼくの結婚式には呼ぶからね。元気でいてね！」

近づいてくる生徒の群れに、日焼けしたN君が、白い歯を見せている。

「ありがとう、がんばって！」

私は、思わず高い声を出してしまった。体格のがっちりした中年の男の先生が、はにかんだ表情で私に会釈をされた。

私は、中学生の最後の一人が見えなくなるまで見送った。（中略）

三か月ほど後のことである。

T先生から電話があった。T先生は、N君の中学一年生のときの担任であり、私の娘がお世話になった方である。

「田浦先生、遅くなってしまいましたけど、ぜひ伝えたくて。私が、『感銘をうけた人』という題で作文を書かせたんですの。そうしましたら、N君が田浦先生のことを書いてましたよ。『ぼくの感動する心は、田浦先生から育ててもらいました。……ぼくが感銘を受けた人は、田浦先生です』と。……N君は、成績もぐんぐん伸びましてね。ほかの生徒に、とても人気があるのですよ……」

T先生の電話は、明るくはずんでいた。（中略）

当時四年生であったN君は、繊細なやさしい心を持っていた。けんかに弱い仲間や成績の劣る仲間や嫌われがちな仲間にも、ほかの仲間と差別することなく接していた。自分が正しいと思ってしたことが友達に理解してもらえず、「先生、くやしい」と、涙を流したこともある。

学校の授業も熱心であった。真剣に考え、意見もよく述べた。特に、体育・国語・道徳への集中力は、抜群であった。道徳の時間に、主人公の気持ちに感動して、目をうるませたこともある。音楽会での難しい小太鼓の役に目を輝かせて取り組み、運動会では必死に駆けていた姿を思い出す。

休み時間は、時間いっぱい運動場で遊び、汗とほこりによごれたまっかな顔をして、教室へかけあがってくるのが常であった。

彼は、宿題を忘れることはなかったが、宅習は少ない方であった。たいてい、大好きなサッカーを友達と夕暮れまでしていたという。

ときには、木の枝を腰にさし、川や野や田畑のひろがる自然の中で、陽ざしにあたためられた石や樹や草と遊び、生き生きとした魚や昆虫に触れ、弟たちと駆けまわっていたようである。

今こうして思い返しても、N君は本当に生命力にあふれた児童であった。

これから先、ときに落ち込むことがあっても、あの生命力を持っていれば、立ち直り、乗り越えていけるにちがいない。〈後略〉

四年生のN君（中島君）は、まっすぐで、ひたむきで、心温かで、のびやかで、情熱のある少年であった。

中島先生のお便りや論文を拝見すると、四年生のころの性格・心情・人間性を、持ち続けていらっしゃる。しかも、謙虚であり誠実でいらっしゃる。

小学校の児童たちと、素手で手を取りあい、温かく真摯《しんし》な心で、接してこられたのである。

現在は、鹿児島純心女子短期大学にて、学生さんに「愛《め》でるまなざし」で、今日も、「おはよう」と、声をかけていらっしゃるであろう。

八十二歳の私にとって、中島先生のお便りと『考える子ども』をいただいたことは、大きな喜びである。心から感謝している。

補章

わが父母との歳月

父と母の存在は、私の心に深く刻まれている。

愛情、幸せ、喜び、できごと、しつけ、折々の言葉、心残り……。そして、父母の暮らし方や生き方である。

父は一九〇七（明治四十）年生、母は一九〇六年生。私は一九四二（昭和十七）年である。

遠い日々の情景がよみがえる。

◆

卯《う》の花の香りがほのかに漂うと、宮崎県は夏の到来である。

この時期になると、店頭には、刈安《かりやす》色の麦わら帽子が、紅色・黄色などのリボンをつけて、並べられていた。

父が麦わら帽子をかぶり、「さあ、行こう」と誘うときは、私の喜ぶことをしてくれるときであった。私は、うれしくなり、急いで準備したものである。

父の自転車の後ろに乗って、あんみつを食べに行くこともあった。全身に降ってくる夏の太陽の光を浴びながら、父が自転車を走らせると、麦わら帽子の赤いリボンが私の首のあたりをくすぐった。真っ青な大空には、入道雲がわき立っていた。

七歳のころの私は、週に一度、日本舞踊の稽古に通っていた。自転車で送り迎えをしてくれる父は、後ろに乗っている私に、昔話やおもしろい話を、大きい声でしてくれた。

小学三年生の夏休み、私は蝶の採集をした。父と私が山の坂道を上るにつれ、蟬の声が激しくなった。揚羽蝶《あげはちよう》や小さな蝶が、花や木の葉のあたりを舞っている。蟬や小鳥の鳴く声の中に、水の音がかすかに聞こえてくる。

山道の傍らに、筧《かけい》を見つけた。茅にかかった水滴が美しく光っている。私は、水を掌《て》ですくって、手や腕を洗った。父は、顔を洗った。麦わら帽子の編み目から光がこぼれ、影模様のできた父の笑顔は涼しそうであった。木もれ日が、父の肩に揺れていた。

汽車やバスに乗り、サーカスや菊人形展、一泊の旅行にも、父と出かけた。

小学生のころの、学芸会や作品展や運動会には、父は欠かすことなく来てくれて、私のことをうれしそうに母に報告していた。私が五歳のころから、母は心臓病を患っていたために、父が来てくれたのである。

愛情を込めて私を育ててくれた父は、心筋梗塞《こうそく》にて八十一歳で他界してしまった。わずか二週間ほどの入院であった。車で三十分以内に住み、仕事を終えていた三人の姉が、交代で病院へ行き世話をした。私は、車で二時間ほどの所に住み、教師をしていたこともあり、一日だけの世話しかできなかった。

父に対しては、育ててもらった恩義も果たせないままである。話し相手も十分にしてやれなかった。それが、今でも心残りである。

思えば、私は口数の少ない子供であった。中学校の同級生に、「にこにこして、静かだったわね」と、言われたことがある。母は、「チサちゃんは、口答えをしたこともなかった」と、言った。

私は、大人になっても、両親や姉たちの話しを、静かに聞くという感じであったと思う。母は、多弁ではないが、自分の方から私に話しかけることが多かった。私が高校生にもなると、祖先や父母のこと、義弟や義妹のこと、つらかったことなど、大抵のことは私に話した。晩年になっても、母の要望にこたえて、私は「さくら」「早春賦」「荒城の月」などを歌った。この関係は、母が他界するころまで変わらなかった。

一方、父は、私が高校生にもなると、話しかけることが少なくなった。父も私も、お互いに嫌っていたわけではない。それが自然であったように思う。

ところで、父が六十四歳のときに、兄夫婦と別居した。車で三十分の所に家を建て、母と二人で暮らしたのである。近所には親しい人もいなかった。隣人との会話を好む父は、寂しかったであろうに……。しかも、父母が別居した当時、三人の姉も私も働いていて、子供の養育もあった。そのために、時折しか訪ねることはできなかったのである。

特に、老いの寂しさや身体の衰えを感じる晩年は、子供たちと話したいと、願ったのではないだろうか。

向日葵《ひまわり》の花を背にして亡き父のはにかむ笑顔の浮かぶ命日

かたはらに亡き父の来て「元気か」と明るく言へり未明の夢に

◆

私は、母が三十六歳のときに誕生した。

私が、五歳のころである。——

母は、心臓病を患い、月に一度通院していた。一人で母の帰りを待ちわびる末娘の私にいつも土産《みやげ》を一品だけ買ってきた。

それは、リンゴやザボンだったり、椿の模様の日傘や日本髪の着せかえ人形、あるいは麻の帽子であった。どれも母が見定めた良い品であった。戦後すぐのことである。

母は、出かけるとき、いつも持っていく薄紫色の袋の中から、土産を取り出して言ったものである。

「おりこうだったね。おみやげよ」

私が、土産の日傘をさっそく開き、回して遊ぶのを、母は地味な和服の帯をほどきながら、笑みを浮かべて見ていた。

土産のザボンを私が食べるときも、母は少しだけ食べ、私を見ていた。五歳とはいえ、一個のほとんどを私は食べていたのである。

あのころの母の表情には、行いには、親の思いが深く込められていたと思う。

私は小学三年生。――

七月の澄んだ強い日差しが、駆けて帰る私に容赦なく降り注いでいた。

私のランドセルには、先生から渡された月刊雑誌『小学三年生』が入っていた。一クラスの中で、親から買ってもらっていたのは、数名ほどだったと思う。

頭の中は、連載童話「浜千鳥」のことでいっぱいである。いつもは友達とゆっくり帰るのだが、今日は違う。

「ただいま、本が来たわよ！」

この日ばかりは、勉強もおやつも後まわしにして、さっそく雑誌を開く。真新しい紙の匂いが漂う。気持ちがやわらかくなる。私はこの瞬間が好きだった。

母もいそいそと来て、私の横に座る。

私は、朗読を始める。

「かわいそう、どうなるのかしらね」

「よかった。私が思ったとおりになった」

母と私は、涙を浮かべたり、笑ったり、怒ったりして、読書を愉《たの》しんだのである。


父が他界してから母が老人ホームに入所するまでの九か月間、近くに住む三人の姉が交代で母の世話をした。

私は、父が他界して一年後、母を引き取り世話をするためもあって、小学校教師を四十六歳で退職した。だが、私が退職する三か月ほど前に、兄夫婦が選んだ老人ホームに入所したのである。

私が退職してからの二年間に、母は三週間ほどを三回、私の家で過ごした。また、片道三時間半かけて、汽車やタクシーを乗りつぎ、老人ホームを訪ねたこともある。

母は、父が他界して三年後、急性肺炎で他界した。わずか三日間の入院である。八十五歳であった。

純白の一重にひらく夕顔を好みし亡母《はは》に見せたし今宵
声あわせ母と歌ひし〈さくらさくら〉を心を込めてうたふ命日

◆

父の祖（小玉氏）は、信濃国の小玉邑《ゆう》（長野県上水内《かみみのち》郡飯綱《いいづな》町）より起こる。室町期以降には、日向国飫肥《おび》（宮崎県日南市）に住し、江戸時代は伊東氏の家臣（中級武士）として明治維新を迎えた。

父は、とても気さくで素朴であり、人との会話を楽しみ、明るく生き生きとして働いていた。

母の祖（吉田氏）は、宇多源氏佐佐木源三《げんざ》秀義の六男（佐佐木六郎）であり、吉田厳秀《かねひで》（佐兵衛尉《さひょうえのじょう》、法橋《ほっきょう》）と称した。

吉田厳秀は、鎌倉時代初期、近江（滋賀県）の三か所の吉田荘と出雲（島根県安来《やすぎ》市）の吉田荘を兼領し、それぞれに子息を配した。出雲の吉田荘を継いだ厳秀の五男（吉田泰秀）

が母の祖である。戦国時代に毛利氏に敗れるまで、当地に住したのである。

その後、筑前秋月（福岡県朝倉市秋月）の秋月氏の家臣となった。更に、秋月氏の日向国財部《たからべ》（宮崎県高鍋《たかなべ》）への移封《いほう》により、当地に住し、家臣（代官・祐筆《ゆうひつ》・目付・文武改役《あらためやく》）として、明治維新を迎えたのである。

母は、堅実であり、誠実であった。人との付き合いはあまり好まなかった。人としての矜持《きようじ》を持っていたように思う。

——私は、父と母に、いろいろなことを学ぶことができたように思っている。

父母の手を取って歩いた日々、父母と暮らした歳月、父母の私への愛情や思い、私が父母に抱いた情愛やきずな……。八十歳になった今でも、私の心から消えることはない。

ふるさとのれんげ畑に幼なわれ夢にていまだ母と花摘む
父母の亡き故郷に十五年帰るなく春の茜の雲を眺むる

（第十七回「文芸思潮」エッセイ賞入選）

母の祖「佐佐木吉田厳秀」の里を訪ねて

朝六時、出雲路（島根県）への旅に出た。

台風が過ぎたばかりの空は、充溢《じゆういつ》した静かな青色を湛《たた》え、朝光《あさかげ》に照らされた小さな純白の雲が大空の花のように浮かんでいる。

鳥の一群れが、蒼穹《そうきゆう》にたちまち消えていった。

九州自動車道を走り抜け、中国自動車道へ入る。木々の間には、麒麟《きりん》の睫毛《まつげ》を思わせる薄紅色の合歓《ねむ》の花が揺れ、夫と私をやさしく招き入れる。眼下には、緑葉の稲田が広がり、家々の弁柄《べんがら》色の屋根瓦が日差しを返している。

旅の一日めは、会話を楽しみ、景色に心を遊ばせ、出雲路へと車を走らせた。

◆

旅の二日めは、まず、島根県安来《やすぎ》市上吉田の「六郎坂」を目指した。吉田川（山国川）に沿った道を、車でゆるゆると行く。一面、稲田である。稲田を渡ってくる風は、涼しくて青く薫る。

「六郎坂」を訪ねるために、民家へ立ち寄った。

声をかけると、七十歳前後の男の方が出てこられた。

「大光寺は、どのあたりでしょうか」

「ああ、大光寺という寺は、もうありません。ここらあたりの地を、大光寺というのですよ」

「六郎坂は、ご存じでしょうか」

吉田川の源流に沿った山を横断する形で、「鳴滝《なるたき》」の地区へ通ずる山越えの坂であるはずだが……。

男の方は、懐かしそうな視線を山の方へ向けられた。

「ああ、子供のころから聞いてますよ。あそこです。坂でよく遊びました」

指さされた山の一角に、入口らしい所が見える。

「上吉田の大光寺から、鳴滝へ越える坂道ですよ。今では、犬道です。登山の身仕度でないと、とても無理です」

私のワンピース姿に、ほほえまれた。

やはり、六郎坂は現存していたのだ。

夜ともなれば、吉田川の源流には、蛍が乱舞するという。澄んだ水で両手を洗い、六郎坂に合掌をした。

私の母の、むかしむかしの先祖（吉田氏）に縁《ゆかり》のある坂である。

「吉田氏」の祖である。「佐佐木吉田巌秀《かねひで》」は、敦実《あつざね》親王より八代の「佐佐木源三《げんざ》秀義」（宇多源氏）の六男である。

吉田巌秀は、近江（滋賀県）の佐々木宮（沙沙貴神社）の別当であり、法橋《ほっきょう》であった。吉田佐兵衛尉《さひょうえのじょう》といい、佐佐木吉田六郎ともいった。
・二代泰秀（伊賀守）は、幼名を六郎。
・三代秀信（播磨守）は、六郎左衛門。
・四代秀長（弥四郎・長季）は、柿谷六郎。
・五代清秀（石見守）は、六郎太夫判官。
・六代清員（美濃守）は、幼名を六郎三郎。
幾代まで、「六郎」を称していたのであろう。『吉田史料集』（島根県上吉田小学校編、一九二五〔大正十四〕年調査）には、〈地名が先か、六郎という名に地名が寄って命名されたかは知るあたはず。弓の矢に用うとて、貴人の殿様が六郎坂を越して、竹多かりし細井宝谷を訪れられし。家を宝谷に建てられしやにも伝う〉と、記してある。

ちなみに、吉田巌秀（吉田右馬助）は、弓術に秀でており、源頼朝の命により、「吉田一流」（日置《へき》流弓術の流れを汲む）の弓法を定めている。

しばらく、あたりを散策したくなった。長さ一メートルほどの「ちゃわん橋」の下を、心地良い音を立てて清水が流れている。民家の庭には、石蕗《つわぶき》の黄の花が、明るく咲いている。山里には、車も人も見当たらない。静かな道を歩いていると、先祖の方の足跡が残っているような、吉田厳秀さんが歩いてくるような錯覚を起こしてしまう。

夫が指さした。

「大光寺公民館があるよ。横にお堂もある！」

堂には、「大光寺跡」の板の扁額があった。素朴な堂である。台風のときは、雨風をもろに受けるだろうに、正面の開き戸もない。一坪ほどの堂には、歳月をずいぶんと経た高さ四〇センチほどであろうか、すばらしい仏像三体がのんびりと鎮座しておられる。新しい紙灯籠《かみどうろう》がさがり、赤飯と御神酒《おみき》が供えてある。傷《いた》んでいる床板のすみずみまで、清掃が行き届いていた。

堂の近くに、今にも壊れそうな家があった。一人住まいと思われる。古い板壁は、至る所、短い板で繕われていて、庭の草もきれいに抜かれている。腰の曲がった老女が、杖をついて庭へ出てこられた。洗いざらしのワンピースだが、ほころびてはいない。白髪もきちんと丸めてある。こういう方々が、堂や墓を守ってこられたのであろう。

上吉田には、吉田泰秀（佐佐木四郎左衛門尉）が築城した「田中要塞《ようさい》」があり、二〇〇三年の今も土塁や水路が現存しているという。だが、時間の余裕がない。上吉田に心を残しながら、下吉田の「吉田八幡宮」へと車を走らせた。


吉田八幡宮（下吉田地内字垣谷）は、八幡山に抱かれていた。

鳥居の下には、一対の唐獅子と自然石の大手水鉢《ちょうずばち》があり、石段を更に数段あがると、随神《ずいしん》門があった。格子越しに見える一対の像は、歳月を経ていて傷《いた》みがひどい。馬をひき太刀を持ったこの看督長《かどのおさ》の像は、創建者である吉田泰秀を模した像ではなかろうか。

吉田泰秀（雲州・吉田荘と近江・吉田荘の守護）は、後鳥羽《ごとば》上皇の警護に当たったという。

『吉田史料集』に、〈父（吉田厳秀）の命により、後鳥羽上皇隠岐国に移され給うを海上にて奪ひ奉らんと欲して果さず、延応元（一二三九）年二月廿二日、帝、ついに崩御し給うにおよび、かねて賜う所の御宸筆《ごしんぴつ》の御扇子をもって神体と為し、一社を今の八幡山に建立し、自ら祭事を司れり〉とある。

吉田八幡宮の拝殿は、二間×四間で、千鳥廊下になっている。木もれ日を浴び、八幡宮の境内を踏みしめながら、石造物や古木に触れていると、木立の間から中世の風が吹いてきそうである。私は、母の先祖が幾度も参拝したであろう神社に気持ちを込めて柏手《かしわで》を打った。

次は、本宗・吉田氏の「邸宅跡」である。『尼子時代史探訪』（松本興著）に、〈吉田八幡宮の谷合の垣の堂廻上の畑地を邸宅跡とす。この所の、谷を隔て「龍荒神」相対す。つまり、その下方面が邸宅跡なり。井戸跡あり。五輪塔あり〉と記されている。

こうして眺める柿谷（垣谷）の地は、稲田が広がっている。みずみずしい稲葉に、邸宅跡は埋もれているものの、母の祖先の幾十代かがとどまった柿谷は、先祖の歴史の塊に思えて感慨深い。

吉田には、八城もの城砦《じょうさい》があったという。その山々のかなたに、先祖の一人一人の幻影が見え隠れする。

思えば、先祖の中にも、権力の栄光をねらい、汲々とした方もあろう。戦乱の世に、武人としての一輪の良心の花を咲かせた方もいたにちがいない。

どういう時代にせよ、人をあやめ、人を陥れることは、許されることではない。……だが、長い長い時間に洗われた先祖の、いや先人の掛け替えのない人生は、いとおしく、哀しく、尊く思われてくる。

◆

三日めは、かつて「山陰の鎌倉」と称された城下町、広瀬町へ向かった。広瀬町の「月山富田城《がっさんとだ》」跡は、極めて険しい地形の「月山」という山を中心に、そのまわりを取り囲んでいる丘や谷を合わせた区域である。中世特有の「山城」である。

富田城の最後の城主・堀尾忠晴《ただはる》が、松江城に移り、富田城は一六一一（慶長十六）年に廃城となっている。

石塁《せきるい》はわずかに残っているものの、雑草に埋もれ、風化しつつある。苔《こけ》むした墓や、静かに立つ古木や、石造物に触れていると、時を越えて語りかけてくる。清新な生命力にあふれた樹々の葉が目に沁みる。足下に、可憐な花を見つけるのも楽しいものである。

ところで、富田城は、佐佐木義清（一説には高綱）が入城（一一八五年）して以来、佐佐木秀義の後裔《こうえい》と深くかかわっている。出雲守護として、佐佐木義清、佐佐木高氏、塩冶《えんや》氏、京極氏、尼子氏。富田城の目代（守護代）として、吉田厳覚（摂津の守護代でもある）、吉田八郎などである。

◆

三日めの夜は、吉田厳秀親子も、きっと馬で駆けたであろう宍道湖《しんじ》（飫宇湖《おう》）のほとりのホテルに宿泊した。温泉にゆったりと入り、料理を味わった。

四日めは、松江城、小泉八雲記念館、出雲大社などへ行った。
五日めは、中国自動車道の薄紅色の合歓《ねむ》の花に、やさしく送られながら、家路を急いだ。ふる里を懐かしむような、旅であった。

（二〇〇三年）

家の祖《おや》の名を伝へたる「六郎坂」八百年経て獣道なす
後鳥羽院を救はんとせしわれの祖《おや》　御扇子《おせんす》を納め「宮」を建てにき

（第十九回「文芸思潮」エッセイ賞佳作、二〇二四年）

〔追記〕
佐佐木源三秀義の母は、奥州の豪族・安倍宗任《むねとう》の娘であり、藤原秀衡《ひでひら》の妻の妹に当たる。秀義には、七人の男子があった。定綱・経綱・盛綱・高綱・義清・厳秀・態恵である。この一族で、鎌倉幕府が確立した時期、十数か国を領有支配したという（私の母方の系図には加えて、恵性・女子が記してある）。
吉田厳秀の母は、相模国渋谷荘（神奈川県）の渋谷重国の娘である。
吉田厳秀は、幼いころより比良山《ひらさん》（一説に延暦寺）の山門をくぐって僧となった。後に、滋賀県蒲生《がもう》郡竜王町川守《かわもり》（旧・吉田）の野寺山に野寺城を築いた。川守の吉田荘、草津市志《し》那《な》町の吉田荘、犬上《いぬかみ》郡豊郷《とよさと》町の吉田荘、出雲（島根県安来市）の吉田荘を兼領しており、それぞれに城館を持っていた。

厳秀の前妻は、河内某の娘、後妻は雲州の能義《のぎ》郡・布部八郎大夫能範の娘である。

厳秀は、一二二一（承久三）年七月五日、六十一歳にて卒している。

母の祖の吉田氏は、尼子氏が毛利氏に大敗した後に、秋月（福岡県朝倉市）の秋月種実《たねざね》の家臣となった。

秋月種実は、一五八七（天正十五）年、豊臣秀吉によって、秋月より財部《たからべ》（宮崎県児湯《こゆ》郡高鍋《たかなべ》）に移封された。その折に、吉田因幡政元・吉田清右衛門尉政治の親子は、同行した。

そして、秋月氏の家臣として、代官・祐筆《ゆうひつ》・近習・文武改役《あらためやく》などの役に就き、明治維新を迎えたのである。

田浦チサ子（たうら・ちさこ）
1942年宮崎県生まれ。宮崎大学教育学部４年課程卒業。
受賞歴　［短歌］宮崎日日新聞社歌壇賞、にしき江新人賞、準にしき江賞、隠岐後鳥羽院短歌大賞松籟特別賞、北九州文学賞特別賞、「文芸思潮」短歌賞奨励賞、長塚節文学賞入選
［随筆］コスモス文学新人賞（随筆）、愛のサン・ジョルディ賞（短編の部）、北野生涯教育振興会論文随筆賞佳作、「文芸思潮」エッセイ賞佳作
書　著　『まなざし』（コスモス文学出版賞）、『祖先を訪ねて――宇多源氏吉田氏・田浦氏・小玉氏・岡村氏）、『日本のふるさと西都・西米良紀行』（コスモス文学出版賞）、『こころのふるさと高鍋・木城・串間紀行』、『癌を抱いて――一日一日を愛しみつつ』

生《い》きる――亡《な》き夫《おつと》と共《とも》に
■
2025年２月15日　第１刷発行
■
著　者　田浦チサ子
発行者　杉本雅子
発行所　有限会社海鳥社
〒812－0023　福岡市博多区奈良屋町13番４号
電話092(272)0120　FAX092(272)0121
印刷・製本　有限会社九州コンピュータ印刷
ISBN978-4-86656-180-6
http://www.kaichosha-f.co.jp
［定価は表紙カバーに表示］
JASRAC 出 2410230-401